Cuentos from Long Ago

Cuentos
from
Long Ago

Paulette Atencio

UNIVERSITY OF NEW MEXICO PRESS / ALBUQUERQUE

Library of Congress Cataloging-in-Publication Data
Atencio, Paulette.
Cuentos from long ago / Paulette Atencio.—1st ed.
p.   cm.
ISBN 0-8263-2064-3 (alk. paper)
1. Hispanic Americans—New Mexico—Folklore.
2. Tales—New Mexico.
I. Title.
GR111.H57A74   1999
398.2'089'68—dc21
99-29204
CIP

Publication of this book
was made possible in part
by a grant from the Center for Regional Studies
at the University of New Mexico.

This book is dedicated
to all the nursing home residents
throughout the world.

Este libro es dedicado
a todos los residentes de los asilos para los ancianos situados
por todo el mundo.

"No hay nada que yo prefiera más
que el acto de conversar con los ancianos;
porque yo los considero como peregrinos
que han ido en una jornada que tal vez,
yo también tendré que tomar."

Sócrates, *Diálogos de Plato*

"There is nothing I would prefer to
conversing with the elders,
because I consider them to be pilgrims
who have made a journey
which I also have to undertake."

Socrates, *Conversations with Plato*

Contents

✤ Special Thanks

David Holtby and the staff at the University of New Mexico Press for publishing my second book.

Dianne Barnes and her staff at the Western States Arts Federation for their assistance.

Mary Montaño, my friend and consultant, for editing, correcting, and organizing all my stories.

Orlando Atencio, my husband, for his skill in the process of translating my book.

María Elena Atencio, my daughter, for her hospitality and her willingness to travel with me to different parts of the United States.

Miguel Atencio, my son, for listening to all my stories and for giving me his honest opinion even when he believed that my feelings might be hurt.

Agradecimientos especiales

David Holtby y el conjunto de la Editorial de la Universidad de Nuevo Méjico por publicar mi segundo libro.

Dianne Barnes y su conjunto de la Federación de Artes de los Estados Occidentales por su ayuda.

Mary Montaño, mi amiga y consultante, por redactar, corregir, y organizar todos los cuentos.

Orlando Atencio, mi esposo, por su destreza en el proceso de traducir mi libro.

María Elena Atencio, mi hija, por su hospitalidad y su buena voluntad para viajar conmigo para diferentes partes de los Estados Unidos.

Miguel Atencio, mi hijo, por escuchar todos mis cuentos y por darme su opinión honesta hasta cuando creía que mis sentimientos podrían ser ofendidos.

Introduction

*O*ur ancestors have been telling stories to their children since 1598, when the first Spanish families settled along the Chama River in northern New Mexico. A four-hundred-year-old tradition began during that first harsh winter, when the warmth of the rustic hearths beckoned and warmed the settlers throughout their first winters.

It was many years ago while growing up in Peñasco, New Mexico, with my parents, Ricardo and Raquel Durán, that a seed for storytelling was planted in me. The fondest memories I have from my childhood are when my mother would relate *cuentos*, or stories, to us. As children, we would gather at my mother's feet with only the light from the fireplace glowing while we listened to her recount so many cuentos of long ago. As a young child, every time I saw a falling star I would make a wish that I would never forget all the stories that were being shared with me. Today, my love for storytelling has no boundaries and continues to grow and blossom with every passing day. The many cuentos I held within my heart needed to be heard in order to ensure the preservation of these treasured stories for many generations to come. As a traditional storyteller, I have been encouraged to travel through the passage of time seeking and bringing back with me cuentos of fairy tales, legends, myths, and personal memories.

In some cases, stories have missing parts to them. Finding these parts can take years of searching. As a storyteller, all I can do is hope that maybe I will get lucky and bring a cuento to its rightful resting place. I consider myself extremely fortunate. Many of my cuentos have been completed through the efforts of the elderly. This is where the hidden treasures of storytelling remain dormant, waiting for the opportunity to be revitalized in order to preserve our culture and traditions. This investigation can take many years.

In speaking to the elders, I found that one story led to another and I soon realized that people of all ages were yearning to hear these types of stories. For many of the adults, this was a way of life they experienced during their own childhoods. Each story has brought with it an abundance of happiness, soothing the soul even when times are hard. A story will have a magical impact on any person and will bring a smile or a chuckle years later. We all yearn to go back in time, if only for a little while to hear that cuento one last time.

Introducción

$\mathcal{N}$uestros antepasados han contado cuentos a sus niños desde 1598, cuando las primeras familias españolas se colonizaron al lado del Río Chama en la región norteña de Nuevo Méjico. Una tradición de cuatrocientos años se empezó durante ese primer invierno riguroso cuando el calor de los hogares rústicos invitaba y calentaba a los pobladores durante los primeros inviernos.

Era durante esos años pasados cuando yo crecía en Peñasco, Nuevo Méjico, con mis padres, Ricardo y Raquel Durán, que una semilla para contar cuentos fue sembrada en mí. Las memorias más queridas que tengo de mi niñez son de cuando mi madrecita nos contaba cuentos o historias. Como niños, nos recogíamos al pie de mi mamá con solamente la luz del hogar brillando al mismo tiempo que atendíamos a sus repeticiones de tantos cuentos de tiempos pasados. Como niña, cada vez que veía una estrella voladora, hacía un deseo de nunca olvidar todos los cuentos que se compartían conmigo. Hoy mismo, mi amor por los cuentos no tiene límites y continúa creciendo y floreciendo con cada día que pasa. Los muchos cuentos que retenía cerca de mi corazón tenían que ser oídos para asegurar que se preservaran estos tesoros por muchas generaciones que todavía vendrán en el futuro. Como una cuentista tradicional, me he animado a viajar por el paso del tiempo buscando y adquiriendo cuentos de hadas, leyendas, mitos, y memorias personales.

En algunos casos, les faltan algunas partes a los cuentos. Hallando estas partes se puede tomar años de búsqueda. Como cuentista, todo lo que puedo hacer es rogar que, tal vez, yo tenga buena suerte y traiga el cuento a su verdadero lugar. Me considero muy afortunada. Muchos de mis cuentos se han completado por los esfuerzos de los ancianos. Aquí es donde los tesoros ocultos del relato de cuentos permanecen durmientes, esperando la oportunidad de ser restablecidos para preservar nuestra cultura y nuestras tradiciones. Esta investigación puede tardar muchos años.

Durante las entrevistas con los ancianos, descubrí que me iba de un cuento a otro y por lo pronto me di cuenta que la gente de todas edades estaba deseando oír estos tipos de cuentos. Para muchos adultos, este fue un etilo de vida experimentado por ellos durante la niñez. Cada cuento ha traído una abundancia de alegría, calmando el alma hasta cuando los tiempos eran difíciles. Un cuento tendrá un impacto mágico en cualquier persona y traerá una sonrisa o carcajada hasta muchos años después. Todos

Traditional storytelling is a constant learning and researching process. It has its own style. The cuentos are imbued with very strong dramatic and uplifting effects. The characters and situations are presented with much enthusiasm and vigor. Due to the romantic character of the Spanish language, many of the words or phrases used are poetic in nature and appeal to our emotions. *Cuentos from A Thousand Nights* provides us with the opportunity to experience each story as if it had happened to someone we knew. This ensures that the cuentos will not be easily forgotten.

Telling stories to hundreds of children and adults has been a very rewarding experience. It has afforded me the opportunity to work with and meet many wonderful people from different parts of the world. You, my dear friends, have become my inspiration, strength, and fountain of wisdom.

It is an honor and privilege to introduce you to my second book, *Cuentos from Long Ago.*

May God bless you always, and thank you for traveling with me to the land of make-believe! I hope our paths will cross again someday.

Con Todo Cariño,
Paulette Atencio
Storyteller

nosotros tenemos un deseo de regresar a los tiempos pasados, tal vez sólo por un ratito para oír ese cuento una última vez.

El relato de cuentos tradicionales es un constante proceso de aprendizaje e investigación. Tiene su estilo propio. Los cuentos son imbuidos con efectos muy fuertes, dramáticos e inspirados. Los personajes y las situaciones son presentados con mucho entusiasmo y fuerza. A causa del carácter romántico del idioma español, muchas de las palabras o frases usadas son poéticas por naturaleza y suplican nuestras emociones. Cuentos de tiempos pasados nos proveen la oportunidad para experimentar cada cuento como si le habría pasado a un conocido personal. Esto asegura que los cuentos no serán fácilmente olvidados.

Relatando cuentos a muchos niños y adultos ha sido una experiencia muy gratificadora para mí. Me ha dado la oportunidad de trabajar y encontrar a muchas gentes agradables de diferentes partes del mundo. Ustedes, mis queridos amigos, han sido mi inspiración, fuerza, y fuente de sabiduría.

Es un honor y privilegio introducirles mi segundo libro llamado, *Cuentos from Long Ago.*

¡Qué Dios los bendiga siempre y gracias por haber viajado conmigo para el país de la fantasía! Espero que nuestras veredas algún día cruzarán otra vez.

Con Todo Cariño,
Paulette Atencio
Cuentista

Cuentos from Long Ago

A Deal with the Devil

Once upon a time in a far away land, there lived a man with his wife and daughter. Together, they had lived a happy and humble life. Their daughter was pure, kind, and beautiful in every sense of these words. No one ever grew tired of looking at her, for she had a face like an angel. Many men, young and old, had tried hard to win her heart, but for now she was content to live with her parents. Marriage was the last thing on her mind. Her parents were getting on in age and they worried about what would happen to their daughter when they died. Their daughter had been very sheltered from the outside world and knew only her everyday surroundings and her family's love.

The old man was unable to work, and placing food on the table was becoming more difficult. The garden was not producing any vegetables and the apple tree had become infested with worms. The old man stayed up many nights wondering what he would do.

Late one afternoon, he was walking home after looking for work. He was very discouraged because no one had wanted to hire an old man. He was crying hard, and his tears made it impossible to see where he was going. He tripped and stumbled on more than one occasion. The old man finally decided to get hold of himself and sat under a tree. He did not want his family to see him in this condition. The old man had his head down and was weeping loudly. He did not realize that another man was standing before him until he heard the stranger's voice. The old man looked up and wiped away his tears. The stranger was young and very handsome. He was very nicely dressed in a new suit and hat. He seemed to be a very wealthy man. The old man felt somewhat embarrassed. He was tired and his clothes were torn and dirty. His shoes were full of holes and he was hungry. The rich man asked the poor man why he was crying.

The poor man wiped away his tears and shared his pain and suffering. He went on to say how they were imprisoned by poverty and lacking food to eat. The stranger listened and seemed to have compassion for the old man. He told the poor man that he was the wealthiest man in the world, and his job was to wander through different places and offer help to those who became discouraged and lacked faith. The stranger offered to help the old man and promised that things would blossom and he would never worry about material needs again. The old man was overjoyed, but he reminded

Un pacto con el diablo

Una vez en tierras muy lejanas, vivía un hombre con su esposa y su hija. Juntos, vivían una vida feliz y humilde. Su hija era pura, cariñosa, y bella en cualquier manera de pensarla. Nadie se cansaba de mirarla porque tenía una cara como un ángel. Muchos hombres, jóvenes y ancianos, habían hecho un gran esfuerzo para ganar su corazón, pero, por ahora, ella era feliz con vivir con sus padres. Casarse era la última cosa en su mente. Sus padres estaban entrando en edad y se apenaban de lo que pasaría con su hija cuando ellos murieran. Su hija había sido protegida de las cosas del mundo y nomás conocía las cercanías que experimentaba de un día a otro y el amor de su familia.

El viejo no podía trabajar y era muy difícil proveer la comida que necesitaban. El jardín no estaba produciendo legumbres y el árbol de manzana se había infestado con gusanos. El viejo pasaba muchas noches sin dormir pensando en lo que iba a hacer.

Una tarde, iba caminando para su casa después de haber andado en busca de empleo. Estaba muy desanimado porque nadie quería darle empleo a un viejo. Estaba llorando mucho y sus lágrimas hicieron que fuera imposible ver por donde iba. Tropezó y cayó en más de una ocasión. El viejo finalmente decidió recobrar la calma y se sentó debajo de un árbol. No quería que su familia lo viera en esta condición. El viejo bajó su cabeza y lloraba con mucha fuerza. No realizó que otro hombre estaba parado ante él hasta que oyó la voz del extranjero. El viejo lo miró y limpió sus lágrimas. El extranjero era joven y muy guapo. Estaba bien trajeado con un vestido nuevo y un sombrero. Parecía ser un hombre muy rico. El viejo se sintió un poco avergonzado. Él estaba cansado y su ropa estaba sucia y rota. Sus zapatos tenían muchos agujeros y tenía hambre. El rico le preguntó al hombre pobre por qué estaba llorando.

El hombre pobre se limpió sus lágrimas y compartió su dolor y pesar. Siguió diciendo como ellos eran presos de la pobreza y de la falta de comida para comer. El extranjero escuchó y parecía tener compasión por el viejo. Le dijo al viejo que él era el hombre más rico del mundo y que su tarea era viajar por diferentes lugares y ofrecer ayuda a esos que estaban desamparados y que les faltaba la fe. El extranjero le ofreció ayuda al viejo y le prometió que todo se mejoraría y que jamás tendría que apenarse de cosas materiales necesarias para él. El viejo estaba deleitado, pero le recordó al extranjero

the stranger that he was a poor man. "How can I repay you?" the old man asked. The stranger thought for a while, and then smiled. "The only thing I want is what is behind your house. If you agree, we will call it even!"

The old man thought for a few minutes. The only thing that was in back of his house was an old apple tree, which was infested with worms. The old man asked the stranger, "Are you sure this is what you want? I don't want you to be disappointed once you find out what is behind the house." The stranger smiled and reassured him that he would be a happy man. The two men shook hands and a deal was made. The stranger and the old man went their separate ways.

As the old man approached his house, his wife came running to greet him. The old woman was so excited, she could not speak fast enough. She was telling her husband that beautiful and expensive furniture, rugs, and paintings were decorating their humble house. She took a deep breath and went on to say that food and money were also appearing. As she spoke, her ragged dress was transformed into a pure silk gown and a crown appeared upon her head. Her fingers were full of rings and soon she had shoes upon her feet. They could see new land and cattle, and somehow they both knew that it belonged to them. The old man stood there in astonishment and soon his clothes also began to change. At that moment, their house was being remodeled and it grew huge with many rooms.

The old man finally took his wife's hand and together they walked toward the river. The old man told her about the stranger and the deal that he had made with him. The old man had a smile on his face and kept on chuckling. He was very proud of himself. He believed that he had tricked the stranger into giving them many of the earthly possessions in exchange for an old apple tree! The old lady began to cry hysterically and out of control. The old man was having a difficult time calming his wife. He believed she was crying because she was so happy. Finally, she was able to tell her husband that under the apple tree was their daughter. She had been there all day trying to pick the wormy apples in hopes of gathering enough pieces to make applesauce for supper. The old lady was very religious, and in her heart she knew what had happened. She held on to her husband and explained that he had just made a deal with the devil!

They both went running as fast as their feet could take them. Under the apple tree was their beautiful daughter. She was surrounded by chirping blue birds. She was humming a soft melody and picking up all the rotten apples that lay on the ground. Her parents came running and were weeping loudly. Their daughter quickly arose and went to ask why they were so saddened. She was using her apron to wipe away their tears. The daughter was wide eyed and very puzzled. She almost didn't recognize them in their fine

que él era un hombre pobre. "¿Cómo podré recompensarte?" preguntó el viejo. El extranjero pensó por unos cuantos minutos y luego se sonrió. "La única cosa que quiero es lo que está detrás de tu casa. Si estás de acuerdo, estaremos a mano!"

El viejo pensó por un tiempo y luego consideró que la única cosa que estaba detrás de la casa era el árbol de manzana que estaba infestado con gusanos. El viejo le preguntó al extranjero, "¿Estás seguro de que esto es lo que quieres? No quiero que estés disgustado al ver lo que está detrás de la casa." El extranjero pensó y se rió y le aseguró que él sería un hombre muy feliz. Los dos hombres se dieron la mano y se hizo el pacto. El extranjero y el viejo se fueron para destinaciones separadas.

Cuando el viejo llegó a su casa, su esposa salió corriendo para saludarlo. La vieja estaba tan excitada que no podía hablar con suficiente vuelo. Le estaba diciendo a su esposo que ahora muebles ricos y bellos, tapetes, y pinturas decoraban su casa humilde. Respiró y siguió diciendo que comida y dinero también estaban apareciendo. Conforme hablaba, su vestido rasgado se transformó en una túnica de pura seda y una corona apareció en su cabeza. Sus dedos estaban llenos de anillos y pronto, tenía zapatos en sus pies. Ellos podían ver tierras nuevas y ganados, y de alguna manera sabían que eran suyos. El viejo se paró allí con mucho asombro y presto, su ropa también empezó a cambiar. En ese momento, su casa se reconstruía con muchos cuartos grandísimos.

El viejo al fin tomó la mano de su esposa y juntos caminaron hacia el río. El viejo le dijo tocante el extranjero y el pacto que había hecho con él. El viejo tenía una sonrisa en su cara y siguió riéndose. Estaba muy orgulloso de sí mismo. ¡Creía que había engañado al extranjero para que les diera muchas de las posesiones de este mundo en cambio de un árbol de manzana viejo! La viejita empezó a llorar histéricamente y sin control. El viejo encontraba que era muy dificultoso para calmar a su esposa. Creía que lloraba porque estaba tan contenta. Al final, ella le pudo decir a su esposo que debajo del árbol de manzana estaba su hija. Había estado allí todo el día haciendo el esfuerzo para recoger las manzanas llenas de gusanos con el deseo de recoger suficientes pedazos para hacer compota de manzanas para la cena. La viejita era muy religiosa y dentro de su corazón, sabía lo que había transcurrido. ¡Ella detuvo a su esposo y le explicó que él acababa de hacer un pacto con el diablo!

Los dos se fueron corriendo tan pronto como sus pies los podían llevar. Debajo del árbol de manzana estaba su hija bella. Estaba rodeada por pajaritos azules que cantaban. Cantaba en voz baja una melodía y recogía todas las manzanas podridas que estaban en el suelo. Sus padres llegaron corriendo y lloraban en voz alta. Su hija de repente se paró y fue a preguntar

looking clothes. Her parents placed their arms around her and told her the story. At that moment, she also began to change and looked more stunning than ever before in a beautiful teal blue dress with ivory lace. She now wore shoes and a diamond necklace and a bracelet enhanced her lovely appearance.

A few years went by and though they never asked for anything, they continued to get richer. Sooner or later the devil would be back and they all knew it. The parents and the daughter kept thinking of different ways in which the deal with the devil could be broken, but it was of no use. Every time they came up with a good idea, the devil would laugh and tell them that he knew what they were planning and thinking. The devil never seemed to sleep. He enjoyed playing with their emotions. Even though they were surrounded by riches, they were very scared and unhappy people. The pain they felt was deep within their hearts and was ripping its way into their souls.

One day, when they were having supper, the devil appeared out of thin air. He made the announcement that he had come to claim their daughter. He was going to take her for his bride. They all started crying and clinging to one another. The old woman stalled for time, and was able to convince the devil that she wanted to make her daughter's wedding dress and that it would take one year to design, sew, and finish it. The devil agreed and promised to be back on the same day the following year. The devil then began to speak in a foreign language and soon beautiful cloths and threads of gold appeared. With this, the devil disappeared leaving behind the smell of sulfur and smoke.

The year went by quickly, and the day arrived when the devil would come to claim his bride. The daughter wore her wedding dress and had a wreath of fresh flowers upon her head. The old woman made her wait for the devil under the apple tree. The old woman then made a huge round circle as protection for her daughter. They all waited for the devil to appear. Their daughter looked so beautiful and peaceful as she waited for her master.

The devil appeared and could not believe his eyes. He let out a big sigh and his heart began to pound hard against his chest. At this moment, the devil had fallen in love with her. They were both looking very deeply into each other's eyes. The young man looked so very handsome in his suit. For a few seconds the daughter had almost forgotten who she was about to marry. But the daughter came to her senses and began to pray. The old man and old lady were crying. The devil walked toward his bride, but came across a barrier. He was not able to get inside the circle. The devil kept going round and round, but it became impossible. The young girl remained in the cen-

por qué estaban tan tristes. Usaba su delantal para limpiarles sus lágrimas. La hija estaba con sus ojos bien abiertos y muy confundida. Ella casi ni los reconoció en sus ropas finas que se miraban tan bien. Sus padres la abrazaron y le dijeron el cuento. En ese momento, ella también empezó a cambiar y se miraba más bella que nunca en un vestido hermoso de color azul-verde con encaje de marfil. Ahora usaba zapatos y un collar de diamantes y una pulsera añadían a su apariencia tan bella.

Unos cuantos años pasaron y a pesar de que nunca pedían por nada, continuaron a hacerse más ricos. Tarde o temprano, el diablo regresaría y todos ellos lo sabían. Los padres y la hija seguían pensando en diferentes modos para poder quebrantar el pacto con el diablo, pero fue en vano. Cada vez que pensaban en una idea buena, el diablo se reía y les decía que él sabía lo que ellos planeaban y lo que pensaban. El diablo nunca parecía dormir. Parecía gozar de jugar con sus emociones. A pesar de que estaban rodeados por riquezas, tenían mucho temor y estaban muy disgustados. El dolor que sentían venía de adentro de sus corazones y hasta rompía sus almas.

Un día, cuando tomaban la cena, el diablo se apareció del puro viento. Anunció que había venido para reclamar a la hija. La iba a tomar como su esposa. Ellos todos empezaron a llorar y se abrazaron uno al otro. La vieja ganaba tiempo y pudo convencer al diablo que ella quería hacer el vestido de boda para su hija y que tomaría un año para hacer el diseño, coserlo, y acabarlo. El diablo estuvo de acuerdo y prometió regresar el mismo día del año siguiente. El diablo empezó a hablar en un lenguaje extranjero y pronto paños e hilos de oro aparecieron. Con esto, el diablo se desapareció dejando detrás el olor de azufre y humo.

El año pasó pronto y el día llegó cuando el diablo vendría a reclamar a su esposa. La hija usó su vestido de boda y tenía una corona de flores frescas sobre su cabeza. La vieja la hizo esperar al diablo debajo del árbol de manzana. El viejo entonces hizo un círculo grande como protección para su hija. Todos esperaron para que se apareciera el diablo. Su hija se veía tan hermosa y tranquila mientras esperaba a su amo.

El diablo se apareció y no podía creer lo que veía. Sollozó y su corazón empezó a latir con mucha fuerza contra su pecho. En este momento, el diablo se había enamorado de ella. Los dos se miraban profundamente uno al otro. El joven se veía tan guapo en su vestido. Por un momento, la hija casi había olvidado con quien se iba a casar. Pero la hija recobró su sentido y empezó a rezar. El viejo y la vieja estaban llorando. El diablo caminó hacia su esposa, pero llegó a un obstáculo. No podía meterse dentro del círculo. El diablo continuó rodeando, pero fue imposible. La joven se quedó en el centro del círculo sin moverse. Finalmente, los dos estaban debilitados. Al

ter of the circle at all times. Finally, they both grew exhausted. The devil finally lost his patience and became angry. He promised to be back as soon as he could figure out a way of getting inside the circle.

This went on for many months. The devil kept coming back, but was not able to get in. In order for the daughter to be safe, she had to remain inside the circle. Her parents would take her food and water. A bed had been provided for her under the apple tree. The young girl was very lonely, but her parents and the birds would keep her company.

The day arrived when once again the devil came to collect what was rightfully his. He decided that if he could not enter the circle, he would not allow anyone else to enter either. The daughter was left without food or water. She began to get weaker and more fragile as the weeks went by. Slowly the daughter was dying and the angel of death stood by her side. Her parents felt helpless since all they could do was watch her from outside the circle. Finally, the old man began to call upon the devil. The devil heard their cries and appeared before them. They pleaded on behalf of their daughter. They took him to see their dying daughter. They explained that if she died, her soul would be taken by the angels very high into the heavens and she would be of no use to him then. The devil agreed and decided to nurse her back to health. The old woman also convinced the devil to give their daughter one more day in which to rest and get herself ready for her wedding day once again.

The devil was becoming restless, and was also losing patience. "A deal is a deal!" the devil screamed at the top of his voice. In his state of meanness and confusion, the devil promised that if he was unable to take her on the following day for whatever reason, he would never come for her again. With this, he left.

The old woman had an idea and told her husband and daughter what she was going to do. She prepared a hot tea and told her daughter to drink it. It was not long before the daughter fell into a deep sleep. The old woman placed the cross from her rosary on top of the stove until it was hot and glowing. The old woman picked up the cross with a pair of tweezers and placed it on her daughter's forehead until she was branded with the cross.

The following evening, the old woman woke up her daughter and told her to get ready, for the devil would be coming to get her soon. It was not long before the devil appeared. He looked tired and moody. The daughter came out of her room and was wearing a very plain white gown. She looked so innocent and radiant. The cross on her forehead enhanced her great beauty. The devil was unable to look at her beautiful face no matter how hard he tried, because the cross was making his eyes burn and smoke. This

fin, el diablo perdió su paciencia y se enojó. Prometió regresar tan pronto como pudiera figurar una manera de meterse dentro del círculo.

Esto siguió pasando por muchos meses. El diablo siguió regresando, pero no pudo entrar. Para que la hija estuviera sin peligro, tenía que estarse dentro del círculo. Sus padres le llevaban agua y comida. Una cama se había proveído para ella debajo del árbol de manzana. La joven estaba muy sola pero sus padres y los pajaritos estaban con ella.

El día llegó cuando el diablo otra vez vino para reclamar lo que verdaderamente era de él. Decidió que si él no podría entrar al círculo, no dejaría a nadie más entrar tampoco. La hija se quedó sin agua ni comida. Empezó a hacerse más débil y más frágil conforme pasaba el tiempo. Poco a poco, la hija se estaba muriendo y el ángel de la muerte se paraba cerca de ella. Sus padres se sentían desamparados porque todo lo que podían hacer era mirarla de afuera del círculo. Finalmente, el viejo empezó a llamar al diablo. El diablo oyó sus gritos y se apareció ante ellos. Le rogaron en defensa de su hija. Lo llevaron a ver a su hija que se estaba muriendo. Le explicaron que si ella se moría, su alma sería llevado por los ángeles para las alturas del cielo y que él ya no tendría uso para ella. El diablo estuvo de acuerdo y decidió cuidarla hasta que tuviera buena salud. La vieja también convenció al diablo que le diera a la hija un día más para descansar y prepararse para su día de boda otra vez.

El diablo se puso muy inquieto y también perdía la paciencia. "¡Hicimos un pacto!," gritó el diablo con mucha fuerza. En su estado de coraje y confusión, el diablo prometió que si no podría llevársela el siguiente día por cualquier razón, nunca jamás regresaría por ella otra vez. Con esto, se fue.

La vieja tuvo una idea y le dijo a su esposo e hija lo que iba a hacer. Preparó un té caliente y le dijo a su hija que se lo tomara. No pasó mucho tiempo cuando la hija se durmió profundamente. La vieja puso la cruz de su rosario sobre la estufa hasta que ya estaba encendida y muy caliente. La vieja recogió la cruz con unas pinzas y la puso en la frente de su hija hasta que ella estaba herrada con la cruz.

La siguiente tarde, la vieja despertó a su hija y le dijo que se preparara porque el diablo pronto vendría por ella. No pasó mucho tiempo cuando se apareció el diablo. Parecía estar muy cansado y caprichoso. La hija salió de su cuarto y estaba trajeada con un vestido sencillo y blanco. Se veía tan inocente y radiante. La cruz en su frente aumentaba su gran belleza. El diablo no podía verle su cara bellísima no importa cuantos esfuerzos hacía, porque la cruz hacía sus ojos quemar y hacer humo. Esto le causó mucho dolor, porque sin su vista sería dejado en tinieblas para siempre. El diablo empezó

caused him great pain, since without his eyesight he would be left in total darkness forever. The devil began to scream and to plead for mercy. He promised never to set eyes on their daughter again! The old man let him suffer for a while longer and with this, the deal came to an end. At that moment, the devil disappeared because God appeared to him. They never again saw the devil in the surroundings and, for this, they were eternally grateful!

a gritar y rogar por misericordia. ¡Prometió nunca ver a la hija otra vez! El viejo lo dejó sufrir por un tiempecito y con esto, se terminó el pacto. En ese momento, el diablo se desapareció porque Dios se le presentó. ¡Jamás volvieron a ver al diablo en las cercanías, y por esto, estuvieron eternamente agradecidos!

The Legend of El Tiradito

The Legend of El Tiradito Shrine (The Castaway) is also referred to as "The Wishing Shrine" or "The Wishing Well," which was built in 1940. "El Tiradito" is the only shrine in the United States that is dedicated to the soul of a sinner who was buried in unconsecrated ground. The man in this story, named Juan Oliveras, died a very tragic death. He was not given a proper burial and was buried at the site where he was killed. The shrine is a U-shaped adobe wall. It is built like a fireplace and the top is a red-colored brick that serves as an altar. Pictures, notes, rosaries, and candles of all shapes, sizes, and colors are placed upon the shrine or on the ground. The walls are soot black from the flames of the countless candles that have been lit through the years. The melted wax drips and shines the old stones that hold the shrine together. People from all walks of life travel there to make a wish and offer their prayers by lighting a candle. If the candle remains lit overnight, the people believe that the wish will come true. This is why people from different parts of the world call it the wishing well. The candles glow softly and flicker to assure an answer to so many prayers of the faithful.

In order to fully comprehend this story, we must travel back in time. It was 1870, when Tucson, Arizona, was a small community. It was isolated and the people lived a simple life. Dirt roads, wagons, horses, adobe houses, and "tiendas," or stores, were a way of life. The people knew each other by name and for reasons unknown, this legend of "El Tiradito" continues to be retold in the hope that it may never be forgotten.

This romantic story begins with a lovely couple named Carmelita and Juan Oliveras. He was a poor man who had migrated from Mexico. He worked for a very wealthy man named Apolonio, who was a rancher and sheep owner. Juan met Carmelita at a local dance. After a short courtship, they married.

Apolonio decided to provide them with a very elegant wedding. Many of the townspeople attended the feast and had a very enjoyable time. The months passed by quickly and Carmelita and Juan were happy and still very much in love. However, the young couple's happiness was interrupted when he found out that the law was looking for him because of past murders he had committed. Juan immediately packed a few of his belongings and journeyed back to Mexico. Because of his crimes, he was unable to take

La leyenda del Tiradito

La leyenda del altar del Tiradito también es referida como "El altar de los deseos" o "La fuente de los deseos," la cual se construyó en 1940. "El Tiradito" es el único relicario en los Estados Unidos que está dedicado al alma de un pecador que fue enterrado en tierra no sagrada. El hombre en este cuento, llamado Juan Oliveras, murió de una muerte muy trágica. No le dieron un entierro propio y fue sepultado en el sitio donde fue matado. El relicario es una pared de adobe hecha en forma de una U. Está hecho como un hogar y la parte de arriba tiene ladrillos de color rojo que sirven como altar. Retratos, notas, rosarios, y velas de todas figuras, tamaños, y colores son puestos sobre el relicario o sobre el suelo. Las paredes son negras con hollín a resultas de las llamas de las muchas velas que se han encendido durante los años. La cera que se ha derretido gotea y hace brillar las piedras viejas que han detenido al relicario. Gente de todas clases viaja para allí para hacer sus deseos y ofrecer sus rezos por modo de encender las velas. Si la vela se queda ardiendo por toda la noche, la gente cree que el deseo se realizará. Por esto es que gentes de diferentes partes del mundo le llaman la fuente para hacer deseos. Las velas arden suavemente y vacila la llama para asegurar que habrá una respuesta para todas las peticiones de los fieles.

Para poder comprender este cuento en su totalidad, tendremos que viajar para tiempos pasados. Era en 1870, cuando Tucson, Arizona era una comunidad pequeña. Era muy aislada y la gente vivía una vida simple. Caminos de tierra, carretones de cuatro ruedas, caballos, casas de adobe, y tiendas eran el modo de vivir. La gente se conocía uno al otro por nombre y por razones desconocidas, esta leyenda de "El Tiradito" continúa siendo a ser relatado muchas veces con la esperanza de que nunca se olvidará.

Este cuento romántico empieza con una pareja muy amable llamados Carmelita y Juan Oliveras. Él era un hombre pobre que había emigrado de Méjico. Trabajaba para un hombre rico llamado Apolonio, el cual era ranchero y poseía ovejas. Juan encontró a Carmelita en un baile local. Después de un cortejo de poco tiempo, se casaron.

Apolonio decidió proveerles con un casorio muy elegante. Mucha de la gente del pueblo atendió la fiesta y gozó de un tiempo muy feliz. Los meses pasaron muy pronto y Carmelita y Juan estaban muy contentos y todavía muy enamorados. Sin embargo, la felicidad de la pareja joven fue interrum-

Carmelita with him. He left his young bride at the farm in Tucson with Apolonio.

The weeks turned into months and then into a few years. Carmelita waited, enduring the passage of time. She felt lost, alone, and abandoned. Her hopes of ever seeing Juan again were fading. Apolonio seemed very supportive and understanding, but secretly he had fallen in love with her. Though he was much older than her, he proposed marriage to her.

She had become a lonely woman and did not love Apolonio, but decided to marry him out of necessity. He was kind and showered her with fine clothes and jewelry. He loved her deeply. He became overly jealous and very possessive. He did not let her be near or speak to other men.

An elderly woman was hired as a maid and Carmelita no longer had to complete all the difficult tasks. Apolonio and Carmelita shared a quiet and comfortable life.

One day, Juan approached the adobe village of Tucson and made his way to the farm that held memories of times past. It had been seven long years since he had last seen his beloved Carmelita. He walked to the simple adobe home where he and Carmelita had once lived and loved. It seemed dark and abandoned. He made his way to the large house, where Apolonio lived. The soft light of the oil lamp showed Apolonio and Carmelita eating dinner and talking. Whatever he was saying was making her laugh.

Apolonio stood up and placed his hands on Carmelita's shoulders and began to massage her in a very gentle way. He bent down and teased her by brushing his lips softly across her neck, ear, and face. She stood up and faced him. They kissed with such a passion that Juan could not believe what his eyes were telling him. The years had gone by quickly, but he could not believe that Carmelita was now responding to another man's touch. It had not been long ago that Carmelita had been his devoted and faithful wife. A feeling of deep sorrow and jealously came over him. Would he be able to justify his misdeeds and obtain forgiveness for what he had done?

Hearing footsteps behind him, Juan turned and saw an old woman of the neighborhood, whom he had known. He wondered what she was doing at the hacienda. She walked toward the shed. Juan approached her. She became startled and let out a cry. He told the old woman who he was and she shook her head in disbelief, "But you ... you're dead! This is what everybody believes," she said to him. "After seven years, your wife Carmelita has married Apolonio."

Juan asked the old woman to discreetly tell his former wife that he was alive and wanted to talk to her. The old woman left in a hurry and soon was able to give the message to Carmelita.

pida cuando él descubrió que la ley lo buscaba a causa de asesinatos que había cometido en tiempos pasados. Inmediatamente, Juan empacó unas cuantas de sus posesiones y regresó a Méjico. A causa de sus crímenes, no pudo llevar a Carmelita con él. Dejó a su esposa joven en el rancho en Tucson con Apolonio.

Las semanas se convirtieron en meses y entonces en unos cuantos años. Carmelita esperaba, sufriendo el paso del tiempo. Se sentía perdida, sola, y abandonada. Sus esperanzas de ver a Juan otra vez ya estaban desapareciendo. Apolonio parecía apoyarla y entenderla, pero secretamente se había enamorado de ella. A pesar de que era mucho más viejo que ella, él le propuso matrimonio.

Ella se había hecho una mujer desamparada y no amaba a Apolonio, pero decidió casarse con él por necesidad. Era cariñoso y le regalaba ropa fina y prendas. La amaba mucho. Se puso muy celoso y muy posesivo. No la dejaba acercarse o hablarle a otros hombres.

Una mujer anciana fue empleada como criada y Carmelita ya no tenía que completar todas las tareas tan dificultosas. Apolonio y Carmelita compartían de una vida quieta y agradable.

Un día, Juan se dirigió hacia el pueblecito de adobe de Tucson y fue para el rancho que le tenía unas memorias de tiempos pasados. Ya hacía siete años desde que había visto a su querida Carmelita. Caminó hacia la casita de adobe simple donde él y Carmelita en un tiempo habían vivido y amado. Parecía obscura y abandonada. Se dirigió para la casa grande donde Apolonio vivía. La luz que brillaba suavemente de la lámpara de aceite enseñaba a Apolonio y a Carmelita tomando la cena y platicando. Cualquier cosa que él estaría diciendo, la hacía reírse a ella.

Apolonio se paró y puso sus manos sobre los hombros de Carmelita y empezó a sobarla de una manera muy tranquila. Se puso de pie y la jorobaba por modo de darle besitos sobre su cuello, oreja, y cara. Ella se paró y lo miraba. Se besaron con una pasión que Juan ni podía creer lo que sus ojos le enseñaban. Los años habían pasado con prisa pero no podía creer que Carmelita ahora respondía al toque de otro hombre. No hacía mucho tiempo que Carmelita había sido su fiel y dedicada esposa. Un sentido de mucho dolor y celos le venció. ¿Podría justificar sus malhechos y recibir perdón por lo que había hecho?

Oyendo pasos detrás de él, Juan se dio la vuelta y miró a una vieja de la vecindad la cual él había conocido antes. Maravilló en lo que ella estaría haciendo en la hacienda. Ella caminó hacia la cabaña. Juan caminó hacia ella. Ella se espantó y dio un grito. Él le dijo a la vieja quien era y ella sacudió su cabeza sin poder creerlo. "Pero tú … tú estás muerto! Esto es lo que

In time, Carmelita came out of the house with a water bucket, pretending to need water from the spring. She ran toward Juan not knowing what to say or think. Finally, they were in each other's arms. Carmelita had so many questions, but for now the only thing she wanted was to be held and kissed.

Apolonio grew impatient when his wife did not return quickly. He went to investigate. He heard his wife's voice; and the pleading voice of a stranger. He followed the sounds and discovered his wife in the arms of another man. Enraged, he pulled her away from the stranger. He plunged a knife into Juan's chest without knowing or caring whom he had just stabbed and killed.

The next day, at sundown, the men of the *barrio*, or village, buried Juan. He was laid to rest at the site where he had been killed. The entire town gathered at this unmarked grave to pay their last respects to Juan. The women lit candles and said prayers.

todos creen," le dijo ella a él. "Después de siete años, tu esposa Carmelita se ha casado con Apolonio."

Juan le pidió a la vieja que, discretamente, le dijera a su esposa de tiempos pasados que él estaba vivo y que deseaba hablar con ella. La vieja se fue de prisa y muy pronto pudo relatar el mensaje a Carmelita.

Con el tiempo, Carmelita salió de la casa con una vasija para sacar agua, pretendiendo necesitar agua del ojito. Corrió hacia Juan no sabiendo qué decir o pensar. Por fin, estaban abrazados. Carmelita tenía tantas preguntas, pero por ahora la única cosa que quería era que él la tomara en sus brazos y la besara.

Apolonio se puso impaciente porque no volvía su esposa con prisa. Se fue a investigar. Oyó la voz de su esposa; la voz de una extranjera que suplicaba. Siguió los sonidos y descubrió a su esposa en los brazos de otro hombre. Enfurecido, se la quitó al extranjero. Le atravesó el pecho de Juan con un cuchillo sin saber o sin importarle a quién había apuñalado y matado.

El siguiente día, ya para el atardecer, los hombres del barrio enterraron a Juan. Lo pusieron en su último descanso en el sitio donde lo habían matado. Todos los del pueblecito se reunieron en la sepultura sin señales para pagarle los últimos respetos a Juan. Las mujeres encendieron velas y rezaron.

The Adventures of Don Cacahuate
and Doña Cebolla

A long time ago, there was a man by the name of Don Cacahuate, known in English as Mr. Peanut. He had a wife named Doña Cebolla, or Mrs. Onion. They were both extremely old-fashioned in every sense of the word. The townspeople considered them simpletons and were always having a good laugh at their expense. Through the years, many stories have been shared among Spanish-speaking and bilingual people about Don Cacahuate and Doña Cebolla. Their humorous bilingual and bicultural misadventures have brought joy and laughter to hundreds of people while easing the sting of intercultural misunderstanding. By recording a few of these stories here, I hope to introduce their humorous legacy to non–Spanish speaking readers, and to preserve a small part of it in writing.

One day, Don Cacahuate was in dire need of some socks. He had been wearing his shoes without socks and his feet were getting all blistered. He had been working long hours and, without socks, he was very uncomfortable. He went into a small store and told the storekeeper that he wanted socks, but he used the Spanish word *medias*. The storekeeper was an Anglo and didn't understand what the man wanted. After a few minutes of hearing the same word and not knowing what it meant, the storekeeper got an idea. He started pointing to different items in his store. Don Cacahuate kept shaking his head indicating that was not what he wanted. The storekeeper was getting tired and impatient. Finally, the last thing the storekeeper pointed to was a pair of socks. Don Cacahuate was overjoyed. He yelled out, "Eso Sí Que Es!" Don Cacahuate wanted to let the storekeeper know that this was what he wanted. But in English, this spells S O C K S. The storekeeper was outraged and in a loud voice yelled, "You idiot! Why didn't you spell it out in the first place?"

It was the Fourth of July and Don Cacahuate and his friend José had heard that in the United States, the Fourth was a day of great celebration. They also knew that over five thousand people were going to attend the Fourth of July baseball game. It was going to be held at one of the largest stadiums in the area. Since they had never seen a professional baseball game before,

Las aventuras de don Cacahuate y doña Cebolla

Hace mucho tiempo, había un hombre llamado don Cacahuate. Tenía una esposa llamada doña Cebolla. Los dos eran extremadamente hechos a la antigua en cualquier modo de pensar. La gente del pueblo los consideraba como simplones y siempre se burlaba de ellos. Durante el paso del tiempo, muchos cuentos se han compartido por las gentes de habla española y los que son bilingües de don Cacahuate y doña Cebolla. Sus desventuras bilingües y multiculturales han traído mucha alegría y risa para el gentío y al mismo tiempo, son menos los conceptos falsos entre las culturas. Por modo de registrar estos pocos cuentos aquí, espero introducir sus herencias humorosas para los que no son de habla española y preservarlas un poco en forma escrita.

Un día, don Cacahuate estaba muy necesitado de calcetines. Había estado usando sus zapatos sin calcetines y sus pies se estaban ampollando. Había estado trabajando por muchas horas y, sin calcetines, no estaba muy cómodo. Fue para una tiendita de comestibles y le dijo al tendero que quería medias. El tendero era anglo y no entendió lo que el hombre deseaba. Después de unos cuantos minutos de oír la misma palabra y de no saber el contenido, el tendero tuvo una idea. Empezó a apuntar para diferentes cosas en su tienda. Don Cacahuate seguía sacudiendo su cabeza indicando que eso no era lo que él quería. El tendero se cansaba y se ponía impaciente. Al final, la última cosa que fue apuntada por el tendero era un par de medias. Don Cacahuate se puso muy deleitado. Gritó, "¡Eso sí que es!" Don Cacahuate quería dejar saber al tendero que eso era lo que él quería. Pero en inglés, esto deletrea S O C K S (medias). El tendero se enojó muchísimo y en una voz alta le gritó, "¡Tú eres un idiota! ¿Por qúe no lo deletreaste desde un principio?"

Era el día cuatro de julio y don Cacahuate y su amigo José habían oído que en los Estados Unidos, el día cuatro de julio era un día de mucha celebración. También sabían que más de cinco mil personas iban a atender el juego de béisbol del cuatro de julio. Iba a tomar lugar en uno de los estadios más grandes del área. Porque nunca habían visto un juego profesional de béisbol, los dos se pusieron muy excitados y decidieron atender. Fueron como siete

they both got very excited and decided to attend. They went about seven hours early, and somehow they did not even have to pay because they were believed to be the hired help.

The time passed quickly. Don Cacahuate and José were having a very difficult time. Things were not working out. Most of the people were very tall and they were very short, which made it hard to see what was happening. The people also seemed to be very restless. They kept walking back and forth and couldn't make up their minds where they wanted to sit.

José told Don Cacahuate that he was going to find a place where he could see everything. He looked all around and finally, he got an idea. He climbed the flagpole all the way to the top. He was holding on tightly and was very proud of himself. The view was outstanding. Before the game started, all the people stood up, faced the flagpole, and began to sing "The Star-Spangled Banner." "Oh, say can you see?" José was overjoyed. He thought the people were singing to him and asking, "José, can you see?" He began to answer at the top of his voice, "Oh, yes, I can see very, very well. Thank you for asking!"

After the game was over, all the people stayed to watch the fireworks display. José and Don Cacahuate were in a very good mood. They couldn't believe how considerate the American people had been. Everybody was lighting up fireworks. Don Cacahuate and José were so impressed with all the beautiful things that were lighting up the sky. They could see stars, flags, the face of George Washington, and different patterns. The echoes of the bangs were extremely loud. Since they didn't have fireworks, Don Cacahuate pulled out his gun and began to fire. Suddenly, all the people started yelling, screaming, and running all over the place. Don Cacahuate was smiling and thought this is what the Americans did because they were so excited about the Fourth of July.

They both went to a local bar and Don Cacahuate was letting everybody know that his wife, Doña Cebolla (Mrs. Onion), was expecting a child. He began ordering drinks for himself and everyone there. One drink led to another, and Don Cacahuate became tipsy. His friend, José, refused the drink Don Cacahuate had bought him. He disliked it when Don Cacahuate would brag. In a very loud voice he said, "Here you are buying everybody drinks and spending your money in a foolish manner. Yet you have your wife walking around barefooted!" By this time, the room was so quiet you could hear a pin drop. Don Cacahuate replied, "Yes, it's true that I have my wife barefoot, but she has a full stomach!" She was eight months pregnant.

One day, Don Cacahuate decided to move to Denver, Colorado. He and Doña Cebolla loaded the truck with their few belongings. They were very

horas antes de tiempo y, por alguna razón, ni tuvieron que pagar entrada porque se creía que ellos eran empleados.

El tiempo pasó pronto. Don Cacahuate y José estaban experimentando mucha dificultad. Nada estaba pasando bien. Mucha de la gente era muy alta y don Cacahuate y José eran de escasa estatura, lo cual hacía muy difícil ver lo que pasaba. La gente también parecía estar muy inquieta. Ellos seguían dando pasos de un lado a otro y no podían decidir dónde querían sentarse.

José le dijo a don Cacahuate que él iba a hallar un lugar donde podría ver todo. Miró por su alrededor y al final, tuvo una idea. Subió el palo de la bandera hasta arriba. Se detenía con mucha fuerza y tenía mucho orgullo. Se podía ver todo. Antes de que empezara el juego, toda la gente se paró, miró hacia el palo de la bandera, y empezó a cantar la canción dedicada a la bandera de los Estados Unidos. "Oh, say can you see?" José estaba muy deleitado. Pensó que toda la gente le cantaba a él y que preguntaba si él podía ver. Empezó a responder en voz alta. "Oh, sí! Yo puedo ver muy, muy bien. ¡Gracias por preguntar!"

Después de que se terminó el juego, toda la gente se quedó para ver el despliegue de cohetes. José y don Cacahuate estaban de buen humor. No podían creer qué considerada había sido la gente de los Estados Unidos. Todos encendían los cohetes. José y don Cacahuate estaban tan impresionados con todo tan bello que brillaba en el cielo. Podían ver estrellas, banderas, la cara de Jorge Washington, y diferentes modelos. Los ecos de los ruidos eran muy clamorosos. Porque ellos no tenían cohetes, don Cacahuate sacó su pistola y empezó a disparar. De repente, toda la gente empezó a gritar y a correr por donde quiera. Don Cacahuate se sonreía y pensó que esto es lo que los americanos hacen a causa de la a emoción del día cuatro de julio.

Los dos se fueron a una cantina local y don Cacahuate les dijo a todos que su esposa, doña Cebolla, estaba embarazada. Empezó a ordenar bebidas para él y para todos allí. De un trago a otro, don Cacahuate se puso un poco borracho. Su amigo, José, rehusó el trago que don Cacahuate le había traído. A él no le gustaba cuando don Cacahuate se jactaba. En una voz muy alta dijo, "Aquí estás tú comprando tragos para todos y gastando tu dinero de una manera muy loca. ¡Sin embargo, tú traes a tu esposa caminando descalza!" Ya para este tiempo, el cuarto estaba tan callado que se podía oír un alfiler caer. Don Cacahuate respondió, "¡Sí, es verdad que traigo a mi esposa descalza, pero anda con la panza llena!" Hacía ocho meses que estaba embarazada.

Un día, don Cacahuate decidió mudarse para Denver en Colorado. Él y doña Cebolla cargaron el camión con sus pocas posesiones. Estaban muy

happy. Doña Cebolla was expecting her baby fairly soon. Don Cacahuate had heard that many jobs were available in Colorado. All they wanted was a better life.

He drove for many days. They did not anticipate that it would be so far away. After what seemed an eternity, the Denver signs began to appear on the side of the highway. Two hundred miles to Denver; one hundred miles to Denver; fifty miles to Denver; two miles to Denver.

Finally, they saw the largest sign they had ever seen. It read, "Denver Left!" Don Cacahuate slammed on his brakes. He got out of the truck and was crying at the top of his voice. When Doña Cebolla asked what was wrong, Don Cacahuate told her that Denver had left, but apparently no one knew where because that is all the sign said. They both got into their truck and drove back to the same town where they had been living before.

felices. Doña Cebolla estaba embarazada y esperaba al niño muy presto. Don Cacahuate había oído que había mucho empleo en Colorado. Todo lo que ellos deseaban era una vida mejor.

Caminaron por muchos días. No anticiparon que iba a estar tan lejos. Después de lo que pareció una eternidad, los signos del camino a Denver empezaron a verse al lado de la carretera. Doscientas millas para Denver; cien millas para Denver; cincuenta millas para Denver; dos millas para Denver.

Al final, vieron uno de los signos más grandes que ellos habían visto. Decía, "¡Denver Left!" que en español quiere decir, "¡Ya se fue Denver!" Don Cacahuate pisó los frenos del camión. Se salió del camión y lloraba en voz alta. Cuando doña Cebolla le preguntó que si qué ocurría, don Cacahuate le dijo que Denver se había ido, pero, seguramente, nadie sabía para dónde porque eso era todo lo que el signo decía. Se subieron en su camión y regresaron para el mismo pueblecito donde habían vivido más antes.

Don Cacahuate and His Indian Friend

One day, Don Cacahuate was reunited with his Indian friend named Big Snake. They had not seen each other for a couple of years. Both men were full of the dickens and were up to no good once they got together.

Big Snake had a sense of humor and Don Cacahuate gave him the competition needed to keep both men laughing and making their lives interesting. Both men enjoyed going from one trading post to another. Somehow, they knew that they would be traveling together for quite some time. Wheeling and dealing was their game.

One day, Don Cacahuate and Big Snake arrived at the trading post and decided to go their separate ways to check things out. Big Snake came across a white man who had the reputation of being a sharp trader. He could outcheat just about anyone. Big Snake went to where the white man was and informed him that there was a man who could outcheat him anytime. The white man let out a hysterical laugh and told the Indian man that his trademark was cheating and that he had not yet met his match. The Indian man answered, "Don Cacahuate can prove you wrong. What do you say if you put him to the test?" The white man said, "Let's see whether he can or not. Where is Don Cacahuate?" The Indian man responded, "Over there. It's the sneaky looking guy who is sitting under the tree."

The white man went over to where Don Cacahuate was and said, "Let's see you outsmart me." "I'm sorry," said Don Cacahuate. "I'd like to help you out but I can't do it without my cheating medicine." The white man said, "Cheating medicine! Hah! Go get it." Don Cacahuate answered. "I live miles from here and I'm on foot. Why don't you be kind enough to lend me your racing horse?" The white man replied, "Well, I guess it's okay. You can borrow it. Hurry on home and get your cheating medicine." "Well," answered Don Cacahuate, "I'm a poor rider. Why don't you lend me your clothes. That way your horse will think I'm you and won't buck me off." "Well, alright," answered the white man. "Here are my clothes, including my underwear. Now you will be safe. Go get your cheating medicine. I'm dying to see what it looks and tastes like. I'll believe it when I see it."

So, Don Cacahuate rode off with the white man's racing horse and his fancy clothes while the white man stood there naked and without his horse.

Don Cacahuate y su amigo indio

𝒰n día, don Cacahuate fue reunido con su amigo indio llamado Culebrón. Ellos no se habían visto por unos cuantos años. Los dos estaban deleitados por haberse visto otra vez. Los dos eran muy traviesos y se ponían muy jugetones al momento que se encontraban.

Culebrón era muy chistoso y don Cacahuate le daba la competición que era necesaria para que siguieran los dos riéndose y siguiendo una vida muy interesante. Les gustaba a los dos hombres ir de una factoría a otra. De algún modo, ellos sabían que viajarían juntos por algún tiempo. Comerciar era su juego.

Un día, don Cacahuate y Culebrón llegaron a la factoría y decidieron que cada uno tomaría su propio camino para fijarse de lo que transcurría. Culebrón se encontró con un anglo que tenía la reputación de ser un comerciante muy astuto. Él podía defraudar a casi todos. Culebrón fue para donde estaba el anglo y le informó que había un hombre que lo podía defraudar en cualquier tiempo. El anglo soltó una risa muy histérica y le dijo al indio que su marca era defraudar y que él todavía no había encontrado a otro mejor que él. El indio le respondió, "Don Cacahuate te podrá probar que estás equivocado. ¿Qué te parece si tú le presentas una prueba?" El anglo le dijo, "Vamos a ver si las puede él o no. ¿Dónde está don Cacahuate?" El indio le respondió, "Allí. Es el que se mira muy bajo, que está sentado debajo del árbol."

El anglo fue para donde estaba don Cacahuate y dijo, "Vamos a ver si tú puedes triunfar sobre mí." "Lo siento," dijo don Cacahuate. "Yo quisiera ayudarle pero no lo puedo hacer sin mi medicina para defraudar." El anglo dijo, "¡Medicina para defraudar! ¡Hah! Ve por ella." Don Cacahuate le respondió, "Yo vivo muchas millas de aquí y ando a pie. ¿Por qué no me hace el favor de prestarme su caballo de carreras?" El anglo le respondió, "Pues, yo creo que será posible. Puedes usarlo. Vete de prisa para tu casa y coge tu medicina para defraudar." "Pues," respondió don Cacahuate, "Yo no soy muy diestro para andar a caballo. ¿Por qué no me presta su ropa? Así, su caballo pensará que yo soy usted y no me arrojará al suelo." "Pues, bueno," respondió el anglo. "Aquí está mi ropa; incluyendo mi ropa interior. Ahora estarás seguro. Ve y trae tu medicina para defraudar. Me muero por ver qué parece y por saber a qué sabe. Lo creeré cuando lo mire."

Así, don Cacahuate se fue montado en el caballo de carreras del anglo y con su ropa muy fina al mismo tiempo que el anglo se quedó desnudo y sin su caballo.

The Princess Who Could Not Cry

*O*nce upon a time in a very far away land, there was a lady who lived with her son. He was considered somewhat of a simpleton. They were very poor and the mother had no choice but to send her son into the village in the hope of finding a job.

A few weeks went by and the young man finally returned home just as poor as when he left. He told his mother that he had not looked for any work because he had been too busy trying to get a glimpse of the beautiful princess who could not cry. A curse had been placed on her by a wicked witch. The only way the evil spell could be broken was by making the princess cry. Otherwise, she would die. The king was offering a large reward to anyone who could save her.

The mother listened, and it was not long before she had an idea. She gathered their few belongings, and off to the castle they went. She didn't tell her son of her plan for fear that he would tell someone else. When they arrived at the castle, there were many people waiting in line with ideas of how they could save the beautiful princess by making her cry.

The first man who went into the room where the princess sat took all her beautiful things away. He believed this would make her cry. When this didn't work, he began to break everything in the room. The princess didn't care. In fact, she even helped the man with some of the breaking and all she did was laugh! Soon the king became angry and sent him away.

Next came the mean woman. She carried a whip in her hand. The old woman began to whip the princess. When that didn't work, the mean woman pulled her hair, dragged and kicked her in front of everybody. The mean woman believed this would make her cry. The beautiful princess was in deep pain but instead of crying, she only laughed and laughed. The king became very angry, picked up his daughter from the ground, took her in his arms, and chased the mean woman away.

Next came a very handsome man. He believed that if the princess saw how handsome he was, she could cry with joy. When that didn't work, he decided to take all the food and water away from her. He believed that if the princess was hungry enough, she would begin to cry. After a few days of this type of foolish torture, the beautiful princess became very ill. The king was so angry that he chased the young man away.

The castle bells began to ring. The sounds of the trumpets could be heard

La princesa que no lloraba

*U*na vez en unas tierras lejanas, vivía una señora con su hijo. Él era considerado como un simplón. Ellos eran muy pobres y la madre no tuvo más recurso que enviar a su hijo para el pueblecito con la esperanza de hallar empleo.

Pasaron unas cuantas semanas y el joven finalmente regresó para el hogar tan pobre como cuando se había ido. Le dijo a su madre que no había buscado empleo porque había estado muy ocupado haciendo el esfuerzo para mirar a la princesa bella que no lloraba. Una maldición se había puesto sobre ella por una bruja malvada. El único modo que se podría quebrar este hechizo sería por modo de hacer a la princesa llorar. De otro modo, ella se iba a morir. El rey estaba ofreciendo una recompensa grande para cualquiera que la podría salvar.

La madre escuchó y no pasó mucho tiempo cuando tuvo una idea. Ella recogió sus pocas posesiones y se fueron para el castillo. No le dijo a su hijo de su plan porque tenía miedo de que él se lo dijera a otros. Cuando llegaron al castillo, había mucha gente esperando alineada con ideas para como poder salvar a la princesa por modo de hacerla llorar.

El primer hombre que entró al cuarto donde estaba sentada la princesa le quitó todas sus cosas bellas que ella tenía. Creía que esto la haría llorar. Cuando esto no pasó, empezó a quebrar todo lo que estaba en el cuarto. Ni le importaba a la princesa. En verdad, ¡hasta le ayudó al hombre con lo que quebraba y todo lo que ella hizo fue reírse! Pronto, el rey se puso muy furioso y lo despachó lejos de allí.

Después llegó una mujer muy baja. Ella traía un látigo. La vieja empezó a azotar a la princesa. Cuando eso no trabajó, la mujer baja le arrancó el pelo, la arrastró, y le dio patadas delante de todos. La mujer baja creía que esto la haría llorar. La princesa bella experimentó un dolor intenso pero en vez de llorar, solamente se rió intensamente. El rey su puso muy furioso, levantó a su hija del suelo, la tomó en sus brazos, e hizo huir a la vieja baja.

Después vino un hombre muy guapo. Él creía que si la princesa se daba cuenta de lo guapo que era, ella lloraría de gusto. Cuando eso no trabajó, decidió quitarle toda la comida y bebida a la princesa. Creía que si le diera mucha hambre a la princesa, empezaría a llorar. Después de algunos días de este tipo de tortura loca, la princesa se puso muy enferma. El rey estaba tan enfadado que hizo huir al joven.

for miles. "The princess is dying! Come at once! The king needs you." The messengers spread the word as fast as they could. The king went back to where the princess lay. He knelt beside her and wept. It was hopeless. The mother and her son were now next in line. But then they were told that the king would not allow anyone else to be close to the princess anymore. The mother and her son could not believe what they had heard. After all that waiting!

They got an idea and slipped into the castle through the back door. They went from room to room until they found the dying princess and the king next to her bedside. The mother ordered her son to take out the onions and the knife that were in the basket. She placed an onion in the hand of the princess and, with the other hand, helped her to peel and chop it. The pieces of onion were strong. This went on for some time. Little by little, the beautiful princess began to get her strength back.

Not long after that, the princess was doing all the peeling and chopping of the onions. The mother, her son, and the king just waited to see what would happen. Soon the princess's eyes began to water. One tear led to another and it was not long before many tears were rolling down her cheeks. The princess began to cry and cry with no end in sight. She had been healed!

The king was crying because he was so happy. The mother and her son were crying because they would never be poor again. One by one, everybody in the kingdom also joined in the crying. At last the beautiful princess was saved and the evil spell had been lifted. From then on, the entire kingdom was named "The Tears of Onion," and everybody lived happily ever after.

Las campanas del castillo empezaron a sonar. Los sonidos de las trompetas se podían oír por muchas largas distancias. "¡La princesa esta muriendo! ¡Vengan de prisa! ¡El rey los necesita!" Los mensajeros diseminaron las noticias tan pronto como pudieron. El rey regresó para donde estaba situada la princesa. Él se hincó cerca de ella y lloró. Era un caso desesperado. La madre y su hijo ahora serían los siguientes. Pero entonces fueron informados que el rey no permitiría a nadie que se aproximara a la princesa. La madre y su hijo no podían creer lo que habían oído. ¡Después de esperar tanto tiempo!

Ellos entonces tuvieron una idea y entraron al castillo por una puerta del interior. Se fueron de un cuarto a otro hasta que hallaron a la princesa que estaba cerca de la muerte con el rey situado cerca de su cama. La madre dio órdenes a su hijo que sacara las cebollas y el cuchillo que estaban dentro de la canasta. Ella puso una cebolla en la mano de la princesa y, con la otra mano, le ayudó a pelar y cortarla. Los pedazitos de cebolla tenían un olor fuerte. Esto transcurrió por mucho tiempo. Poco a poco, la princesa bella empezó a recobrar su fuerza.

No pasó mucho tiempo cuando la princesa bella estaba pelando y cortando las cebollas. La madre, el hijo, y el rey esperaron para ver lo que iba a pasar. Muy pronto, los ojos de la princesa empezaron a humedecerse. Una lágrima siguió a otra y no pasó mucho tiempo hasta que muchas lágrimas le corrían sobre sus mejillas. La princesa empezó a llorar muchísimo sin parar. ¡Ella se había curado!

El rey estaba llorando por la razón de que estaba tan deleitado. La madre y su hijo estaban llorando porque ellos jamás serían pobres otra vez. Uno por uno, todos en el reino también empezaron a llorar porque el hechizo maldición se había terminado. Desde ese tiempo, todo el reino fue llamado "Las Lágrimas de Cebolla" y todos vivieron felices para siempre.

The Little Match Girl

This story takes me back to the time when I was in grade school. I was attending a parochial school that was run by the Dominican Sisters. Most of them didn't speak the Spanish language and I didn't understand English. The story I am about to share with you will always have a place in my heart. This is the first story I understood fully, as it was told in English. It is called "The Little Match Girl."

Many years ago, in a far away land, there lived a young child who had experienced more than her share of sorrow. She had no mother and her father was very mean and cruel. The only one who had loved her dearly was her grandmother. Unfortunately, she was dead now. The little match girl and her father lived in a dungeon and she was always cold and hungry. Her father would send her into the streets to sell matches.

On this particular night, her father had demanded that she not return until she had sold all her matches. The night was extremely cold and it was snowing, yet it was special because it was Christmas Eve. In spite of her trying so very hard, she could not sell any matches and didn't even have a penny in her pocket for her efforts. She could hear others laughing amidst the beautiful lights and could smell the fragrant aroma of good food cooking inside the houses. Her beautiful but dirty face was a picture of sorrow. The snow kept falling and covering her long, black, and tangled hair. She was so cold. All she could think of was getting warm, even if only for a short while.

She soon found an old, abandoned house and went inside to rest. She decided to light a match. Before she knew what had happened, she began to feel warm and became aware of a beautiful fireplace with lots of wood burning in it. Then suddenly, the match went out! She struck another and this time she could see through the walls of the beautiful house, which had the biggest lighted Christmas tree she had ever seen. There was a table with lots and lots of food. Just when she reached out to get some food, the match burned out! She struck another match and could see the sky and stars shining like diamonds in the sky. She saw a falling star and knew that someone was dying, that an immortal soul would return to God. She had been told this by her grandmother. She struck another match and there, before her eyes, was her dear grandmother. She was so happy! She started crying out!

La Niña de los Fosforos

Este cuento me lleva a tiempos ancianos cuando yo estaba en la escuela primaria. Atendía a una escuela parroquial administrada por las Hermanas dominicanas. Muchas de ellas no hablaban la lengua española y yo no entendía el inglés. Este cuento que voy a compartir con ustedes siempre tendrá un lugar especial en mi corazón. Este es el primer cuento que enteramente entendí como fue relatado en inglés. Se llama "La niña de los fósforos."

Hace muchos años, en tierras lejanas, vivía una niña que había experimentado más que su parte del pesar. No tenía madre y su padre era muy bajo y cruel. La única que la había amado a la niña con todo su corazón era su abuelita. Desgraciadamente, ella ahora estaba muerta. La niña de los fósforos y su padre vivían en un calabozo y ella siempre tenía frío y hambre. Su padre la enviaba a las calles para vender fósforos.

En esta noche en particular, su padre había exigido que no regresara hasta que hubiera vendido todos sus fósforos. La noche estaba muy fría y estaba nevando, pero era especial porque era la víspera de la Navidad. A pesar de haber hecho tanta diligencia, no podía vender ningún fósforo y ni tan siquiera tenía un centavo por sus esfuerzos. Ella podía oír a otros riéndose en medio de las luces hermosísimas y podía oler las aromas fragantes de la comida tan buena que se cocía dentro de las casas. Su cara bella pero sucia era un retrato de sentimiento. Seguía nevando y la nieve cubría su pelo largo, negro, y enredado. Tenía tanto frío. Todo en lo que podía pensar era en calentarse, aunque fuera nomás por un tiempo corto.

Pronto halló una casa vieja y abandonada y entró para descansar. Decidió encender un fósforo. Antes de que supo lo que pasaba, empezó a sentirse calorosa y se dio cuenta de un hogar bellísimo con mucha leña que ardía. ¡Y luego, repentinamente, se apagó el fósforo! Encendió otro y esta vez, podía ver las paredes de una casa bella que tenía el árbol de Navidad más grande que había visto y que tenía muchas luces. Había una mesa con muchísima comida. ¡Nomás en cuanto hizo el esfuerzo para coger comida, el fósforo se apagó! Encendió otro fósforo y podía ver el cielo y las estrellas brillando como diamantes en el cielo. Vio una estrella voladora y supo que alguien estaba muriendo, que un alma inmortal se reunería con Dios. Esto se lo había dicho su abuelita. Encendió otro fósforo y allí, delante de ella, estaba su querida abuelita. ¡Ella estaba tan contenta! ¡Empezó a dar gritos!

"Grandmother! My dearest grandmother! Don't leave me again! Take me with you!" She struck another match in a hurry. "All my life I hear of children receiving gifts for Christmas. I myself have received only your gift of love. What I want for Christmas is for you to take me with you!"

She piled all her matches into a burning stack. Her grandmother had a glow and looked so peaceful and happier than she had ever looked in this life. She took the little girl in her arms, and together, they flew through the sky until they reached a place where cold, sorrow, hate, hunger, or pain is never known. They were in Paradise!

The next morning, while everyone was enjoying the gifts which were received for Christmas, the body of the young child who had frozen to death was found. She had a blissful look on her face. People thought the young child had been trying to warm herself by lighting all her matches. They felt badly because no one had taken the time to care for this child in need. But no one knew about the special gift the girl had received from her grandmother. At last, the two would be together for ever and ever.

"¡Abuelita! ¡Mi querida abuelita! ¡No me vuelvas a dejar! ¡Llévame contigo!" Ella pronto encendió otro fósforo. "Toda mi vida yo oigo de niños recibiendo regalos para la Navidad. Yo misma he recibido nomás tu regalo de amor. ¡Lo que yo quiero para la Navidad es que tú me lleves contigo!"

Amontonó todos sus fósforos en una pila que ardía. Su abuelita tenía un resplandecimiento y se veía muy tranquila y contenta como nunca había estado en su vida. Tomó a la niña en sus brazos y ambas volaron por el cielo hasta que llegaron a un lugar donde el frío, sentimiento, odio, hambre, o dolor no es conocido. ¡Ellas estaban en el Paraíso!

Al día siguiente por la mañana, mientras todos disfrutaban de los regalos que habían recibido para la Navidad, hallaron el cuerpo de la niña joven que se había helado de frío hasta que murió. Demostraba una mirada dichosa en su cara. La gente pensó que la niña había hecho el esfuerzo para calentarse por modo de encender todos sus fósforos. Se sintieron mal porque nadie había tomado el tiempo para tener cuidado de esta niña necesitada. Pero nadie supo del regalo especial que la niña recibió de su abuela. Al fin, las dos estarían juntas para siempre.

The Hitchhiker

$\mathcal{A}$ long time ago, a man by the name of Juan Mantellano was driving home from the Veteran's Hospital to his home in the country. It was a dirt road and few people traveled this way, especially after dark. One could drive for miles and not meet any cars or pass any houses. Juan was driving his old beat-up car when he saw a hitchhiker on the side of the road. The hitchhiker was wearing a long black coat and a hat. Since Juan did not recognize the man, he decided not to stop and pick him up.

Juan kept on driving and was preoccupied with other things. It was not long before Juan met the hitchhiker again. His arm was outstretched and he was asking for a lift. Juan became somewhat concerned and felt a few goose bumps on his skin. He was very familiar with scary and unexplainable incidents that other people had experienced and talked about. His car was the only one on the road, and yet the hitchhiker had managed to get ahead of him! Juan decided to drive a little faster. He wanted to get home as fast as possible. He rolled down the window of his car. He believed that perhaps he was just overly tired and imagining things.

He drove for several miles and did not see the hitchhiker. Juan became relaxed and even began singing as he kept on driving. He looked casually into his rearview mirror and jumped! The hitchhiker was sitting on the back seat! Juan screamed and was so upset that instead of slamming on the brakes, he stepped on the gas pedal. The car began to go faster and faster until it was out of control. Juan was unable to make a sharp turn and his car went over a high cliff. It continued to roll and roll, then finally came to a complete stop.

The next day some people found him. Juan was in and out of consciousness and kept repeating, "The man in the back seat! The man in the back seat!" The people assumed that another man was in the car with him on the night of the accident. They all went looking for the missing person, but they could not find anyone else. Juan did not die, but both of his legs were amputated.

One day, he heard that I was going to be at a school telling stories. He made it a point to be in the audience, even though he was now in a wheelchair. When I finished my performance, I asked if anyone had any questions. One little girl raised her hand and asked how come the man who was sitting in his wheelchair did not have any legs. Juan did not take offense at

Él que pedía paseo en coche

*H*ace mucho tiempo, había un hombre llamado Juan Mantellano que viajaba en su coche desde el hospital de los veteranos hasta su casa en el campo. Era un camino de tierra y muy poca gente viajaba por aquí, especialmente cuando se obscurecía. Uno podría viajar por muchas millas y no encontrar ningún coche ni pasar por ninguna casa. Juan viajaba en su coche descompuesto y viejo cuando vio a uno que pedía paseo al lado del camino. El que pedía paseo estaba vestido con una leva negra y larga y un sombrero. Porque Juan no lo conoció, decidió no parar para darle paseo.

Juan siguió viajando y estaba preocupado con otras cosas. No pasó mucho tiempo cuando Juan encontró al que pedía paseo otra vez. Su brazo estaba extendido y pedía paseo. Juan se puso muy concernido y sintió granitos de miedo en su piel. Estaba muy familiar con incidentes espantosos y sin explicación que otras gentes habían experimentado y que habían relatado. Su coche era el único en el camino de tierra pero, sin embargo, ¡el que pedía paseo había podido adelantarse de él! Juan decidió viajar con más prisa. Quería llegar a casa tan pronto como fuera posible. Bajó la ventana del coche. Creía que tal vez solamente estaba muy fatigado y estaba imaginando lo que transcurría.

Viajó por algunas millas y no vio al que pedía paseo. Juan se puso más aliviado y hasta empezó a cantar al mismo tiempo que viajaba. ¡Miró casualmente en el espejo del coche y dio un saltito! ¡El que pedía paseo estaba sentado en el asiento trasero del coche! Juan gritó y estaba tan asombrado que en vez de empujar los frenos del coche, empujó el acelerador. El coche empezó a ir más y más rápidamente hasta que ya no estaba bajo control. Juan no pudo hacer una vuelta muy severa y su coche se arrojó sobre un peñasco altísimo. El coche continuó rodando y finalmente, se paró completamente.

Al siguiente día, algunas gentes lo hallaron. Juan a veces perdía el sentido y a veces lo recobraba, y seguía repitiendo, "¡El hombre en el asiento trasero del coche! ¡El hombre en el asiento trasero del coche!" La gente presumió que otro hombre estaba en el coche con él en esa noche del accidente. Todos fueron en busca de la persona que faltaba pero no pudieron hallar a otro. Juan no murió, pero sus dos piernas fueron amputadas.

Un día, él supo que yo iba a estar en una escuela relatando cuentos. Aseguró que estaría en la audiencia, no obstante que ahora usaba una silla

the question and told us the story about the night he met up with the hitch-hiker. When he finished his story, another student wanted to know if it was really true. Juan winked at me and smiled. He answered by saying, "This story is for me to say and for you to decide!"

de ruedas. Cuando terminé mi ejecución, pregunté si alguien tenía preguntas. Una muchachita levantó la mano y preguntó que si por qué era que el hombre que estaba sentada cerca de mí no tenía piernas. Juan no tomó ofensa por esta pregunta y nos relató a todos el cuento tocante la noche en que había encontrado al que pedía paseo. Cuando acabó con su cuento, otro estudiante quería saber si verdaderamente era cierto. Juan me guiñó el ojo y sonrió. Respondió con esto. "¡Este cuento es para que yo lo diga y para que usted lo decida!"

The Baby at Ghost Ranch

*M*any years ago, Elefio and Florida Palmas were traveling by wagon toward Ghost Ranch to visit their relatives at Abiquiu, New Mexico. They were hoping to arrive for the New Year's celebration. Most of the grownups enjoyed going to different houses and serenading the people on New Year's Eve. This tradition had been repeated for several generations. They both agreed that it got better with each passing year.

Elefio and Florida could sing and play instruments with a great amount of talent. Together, they would join the other serenading members and make it a memorable night. All the people and children loved their form of entertainment. They all waited patiently for their arrival. Different foods and drinks were prepared and shared with them when they arrived. Elefio and Florida were so excited. They had written several verses to sing and decided to practice some of them.

The time was passing by quickly and they decided to stop for a while at Ghost Ranch and let the horses rest. Florida made a fresh pot of coffee and warmed some food. She began to hear sounds as if someone were sobbing. This startled her and she called her husband. They both listened and were convinced that it was the sound of a crying baby. They began walking in a hurry in different directions hoping to find the baby. Elefio and Florida could not understand how anyone could possibly leave a baby in the middle of nowhere. This was no place for a baby.

It was not long before they found a large basket covered with a blanket. Florida removed it. They could not believe their eyes! Florida let out a sigh. She was so excited that she could not control herself. She was jumping up and down and could hardly wait to hold this bundle in her arms. Florida looked down at the baby and remarked, "This baby has the most beautiful face I have ever seen. Just look at those gorgeous eyes and curly black hair." At this moment, the baby looked up at them and answered, "Look; I even have teeth." The baby opened his mouth and large bloody teeth appeared. His face and hands became hairy and his nails began to grow. His eyes turned bright red. The baby was making an effort to get out of the basket. Elefio and Florida became hysterical and were screaming. They got into their wagon and whipped their horses as hard as they could. The horses also seemed frightened and continued to run without ever slowing down.

Finally, they were in Abiquiu. It was a big relief when they arrived at

El niño del Rancho Encantado

ace muchos años, Elefio y Florida Palmas viajaban por carretera para el Rancho Encantado para visitar a sus parientes en Abiquiú. Esperaban llegar para la celebración de la víspera del Año Nuevo. A muchos de los adultos les gustaba ir a diferentes casas y dar una serenata a la gente en la víspera del Año Nuevo. Esta tradición se había repetido por varias generaciones. Los dos estaban de acuerdo que se mejoraba con cada año que pasaba.

Elefio y Florida podían cantar y tocar instrumentos con muchísimo talento. Juntos, ellos se unían con los otros miembros que daban serenatas y hacían de la noche una que nunca olvidarían. A toda la gente y a los niños les gustaba esta forma de entretenimiento. Todos esperaban pacientemente su llegada. Diferentes comidas y bebidas se preparaban y se compartían con ellos cuando llegaban. Elefio y Florida estaban tan excitados. Habían escrito varios versos para cantar y decidieron practicar algunos de ellos.

El tiempo pasaba prontamente y decidieron parar por un tiempecito en el Rancho Encantado y darle una oportunidad a los caballos para que descansaran. Florida hizo un pote de café fresco y calentó un poco de comida. Ella empezó a oír ruidos como si alguien estaba sollozando. Esto la espantó y llamó a su esposo. Ellos dos escucharon y fueron convencidos de que era el sonido de un infante que lloraba. Empezaron a caminar en diferentes direcciones con mucha prisa esperando hallar al niño. Elefio y Florida no podían entender cómo alguien podría haber dejado a un infante en un lugar tan solo. Este no era lugar para un niño.

No pasó mucho tiempo cuando hallaron una canasta grande que estaba cubierta con una frazada. Florida la quitó. ¡No pudieron creer lo que vieron! Florida sollozó. Estaba tan excitada que no pudo controlar a sí misma. Daba brincos y casi ni podía esperar para detener este bulto en sus brazos. Florida miró al niño y dijo, "Este niño tiene la cara más bella que he visto. Nomás mira esos ojos tan magníficos y el pelo negro con tantos rizos." En este momento, el niño los miró y les respondió, "Miren; hasta tengo dientes." El niño abrió su boca y aparecieron unos dientes grandes y llenos de sangre. Su cara y sus manos se llenaron de mucho pelo y las uñas de los dedos empezaron a crecer. Sus ojos se transformaron y se hicieron de un color rojo muy brillante. El niño estaba haciendo un esfuerzo para salirse de la canasta. Elefio y Florida se pusieron histéricos y gritaban. Se subieron a su carretón y azotaron a los caballos con toda fuerza posible. Los caballos

their relative's house. Both Elefio and Florida were exhausted, scared, and trembling. It took them a while before they were able to calm down. They decided to relate their horrifying experience to all their relatives. Most of them, however, just listened out of courtesy and then laughed behind their backs. They all refused to believe in such nonsense.

Elefio and Florida stayed home and did not go out and serenade the people from Abiquiu on this New Year's Eve. The next morning, when the sun was coming up, all the relatives arrived from a long night of singing, visiting, eating, and drinking. Florida and Elefio were still up waiting for them. Everybody had gathered in the living room when they all heard knocking at the window. They just assumed that whoever was at the window had probably been knocking at the back door but that no one had heard him. Elefio opened the curtain, and at this moment, the same baby they had found in the basket was looking through the window. Before anyone could do anything, the baby broke the glass and flew through the window and landed on his feet. The baby was laughing and jumping up and down. All the people were terrified and had no idea what to do. The baby looked at everybody and then began to cry. The baby started going from room to room and finally the back door was slammed shut and they could not hear the baby crying.

A few hours later, after the shock was over and everybody had calmed down, they decided to search throughout the house. The people went from room to room, but there was no sign of the crying baby. Everybody returned to their own houses, including Elefio and Florida. The baby's apparition had been so terrifying that the couple refused to live in that house any longer. Two days later their house was placed on the market for sale.

Many years went by and the house had not sold. By this time, many horrible stories had been circulating about the crying baby and the house was now considered haunted. Everybody was scared and refused to buy the house even though it was being sold for a very cheap price.

Ten years later, a lady and her husband were passing through Abiquiu, and saw the "For Sale" sign. One thing led to another and the couple bought the house. It needed a lot of work, but the new owner was a contractor. It didn't take long before the house was looking more beautiful then ever before. The couple were very happy in their own country house.

One day when the couple went to the local country store, the owner asked them how they liked their house and also inquired if they had heard a baby cry. The couple seemed puzzled by this question, but just laughed it off. Not long after this, the couple was awakened by the sounds of a baby crying. The couple got up and followed the cry. The moment they walked into a room the crying would stop, but then it was heard somewhere else.

también parecían estar muy espantados y continuaron a correr sin parar.

Finalmente, ellos estaban en Abiquiú. Fue un alivio cuando llegaron a la casa de su pariente. Elefio y Florida estaban muy cansados, espantados, y con mucho temblor. Se tomó un poco de tiempo para que pudieran calmarse. Decidieron relatar su experiencia tan horrible a todos sus parientes. Muchos de ellos, sin embargo, nomás escucharon por cortesía y luego se reían sin que los vieran. Todos rehusaban creer en estos disparates.

Elefio y Florida se quedaron en la casa y no fueron a dar serenatas a la gente de Abiquiú en esta víspera del Año Nuevo. Al siguiente día, cuando el sol iba saliendo, todos los parientes llegaron de una noche de cantar, visitar, comer, y beber. Florida y Elefio todavía estaban levantados esperándolos. Todos se habían reunido en el cuarto de recibo cuando oyeron toques en la ventana. Ellos nomás presumieron que cualquiera que estaba en la ventana probablemente había estado tocando en la puerta detrás de la casa pero que nadie lo había oído. Elefio abrió la cortina, y en ese momento, el mismo niño que ellos habían hallado en la canasta ahora miraba por la ventana. Antes de que alguien pudiera hacer algo, el infante quebró el vidrio, voló por la ventana, y cayó de pie. El infante se estaba riendo y daba brincos. Toda la gente estaba aterrorizada y no tenía ninguna idea de qué hacer. El niño miró a todos y entonces empezó a llorar. El niño empezó a ir de cuarto en cuarto y finalmente la puerta detrás de la casa fue cerrada con mucha fuerza y ellos no podían oír el niño llorando.

Unas pocas horas después, cuando ya el encuentro violento se había pasado y todos estaban calmados, decidieron buscar por toda la casa. La gente fue de cuarto en cuarto pero no había ni una señal del niño que lloraba. Todos regresaron a sus casas, incluyendo a Elefio y Florida. La aparición del infante había sido tan horrorosa que la pareja rehusaba quedarse jamás en esa casa. Dos días después, su casa fue ofrecida para cualquiera que quisiera comprarla.

Muchos años pasaron y la casa todavía no se había vendido. Ya para este tiempo, muchos cuentos horribles se habían circulado tocante el niño que lloraba y ya la casa se consideraba que estaba frequentada por apariciones. Todos estaban espantados y rehusaban comprar la casa no obstante que se vendía por un precio muy barato.

Diez años después, una señorita y su esposo pasaban por Abiquiú y vieron la tablilla indicando que la casa estaba de venta. De unas a otras, la pareja compró la casa. Necesitaba mucho trabajo pero el nuevo dueño era contratista. No pasó mucho tiempo para que la casa pareciera más bella de que había parecido antes. Los dos estaban muy contentos en su casita del campo.

Un día cuando los dos fueron a la tienda de comestibles, el dueño les

The couple was never able to see or find the baby. They could only hear the cries. On more than one occasion, the baby seemed to be very angry and the couple would witness the slamming of things throughout the house. The baby cried most of the nights and would stop only after the sun went up. They were unable to sleep at night. The crying was driving them crazy.

This went on for many months. They wanted to leave, but they were afraid that the crying baby would follow them. Finally, the lady got an idea. The next night when the baby started crying, the lady called her husband in a very loud voice and informed him that the baby was crying. She asked him to go and prepare the bottle of milk that was used for the young calf. The lady kept talking out loud and announced that the only reason the poor baby was crying was because the infant was hungry and had never been held. The husband went through the motions and informed his wife that the bottle was ready. The wife pretended to pick up the baby and sat on her rocking chair and rocked back and forth. The lady also began to sing. "Rock a bye baby, my tiny baby. Sleep now, my tiny Jesus. From the elephant to the mosquito, sleep now my loving child." With time, the baby stopped crying. The lady whispered to her husband that the baby had fallen asleep. She went through the motions of placing the baby on their bed. The couple tiptoed out of the house, leaving all their belongings behind. They got into their truck and drove away. They kept on driving and never looked back.

preguntó que si cómo les gustaba la casa y también les preguntó si habían oído a un niño llorando. Se pusieron muy asombrados por su pregunta pero nomás se rieron. No mucho después, fueron despertados por los sonidos de un niño llorando. Los dos se levantaron y siguieron los sonidos. Al momento que entraban a un cuarto, el llanto se paraba pero entonces se oía en otro lugar. Los dos nunca pudieron ver o hallar al infante. Solamente podían oír su llanto. En muchas ocasiones, el niño parecía estar muy enojado y podían ver cosas arrojadas por toda la casa. El niño lloraba muchas de las noches y paraba solamente cuando salía el sol. No podían dormir de noche. El llanto los volvía locos.

Esto siguió pasando por muchos meses. Deseaban irse pero tenían miedo de que el niño que lloraba los seguiría. Al final, la señorita tuvo una idea. La siguiente noche cuando el niño empezó a llorar, la señorita llamó a su esposo en una voz alta y le informó que el niño estaba llorando. Le imploró que fuera y preparara una botella de leche que se usaba para el becerrito. La señorita siguió hablando en voz alta y anunció que la única razón por la que el pobre niño lloraba, era porque el infante tenía hambre y porque nunca lo habían detenido en brazos. El esposo hizo las mociones y le dijo a su esposa que la botella estaba preparada. La esposa fingió coger al niño, se sentó en su silla mecedora, y se meció de un lado a otro. También, la señorita empezó a cantar. "A la roo roo roo niño chiquito. Duérmase ya mi Jesusito. Desde el elefante hasta el mosquito, duérmase ya mi niño querido." Con tiempo, el niño paró de llorar. La señorita le habló en voz baja a su esposo que el niño se había dormido. Ella pretendió poner al niño en su cama. Los dos salieron de la casa de puntillas, dejando todas sus posesiones allí. Se subieron en su camión y se fueron. Siguieron ahuyentando y nunca miraron para atrás.

Don Simón

*M*any years ago, there was a man by the name of Don Simón. He had six other brothers besides himself. They were always getting into trouble. The seven brothers were considered simpletons. In most cases, they were unable to figure out even the most simple things in life. Don Simón and his brothers had a friend whom everybody called "Mr. Dishonest." He was always playing tricks on them. Other times, he would try and cheat them out of whatever he could.

One day the seven brothers decided to go and pick some piñon. They invited their friend, Mr. Dishonest, but he told them that he would meet them later. When the seven brothers arrived at the mountain, they encountered hundreds of piñon trees. They decided to separate and meet at the gate before sundown.

The day went by quickly and when they met again, the brothers were happy to see each other again. They all had their sacks full of piñon. Don Simón wanted to make sure that all seven brothers were present before they went home. He began to count. "One, two, three, four, five, six." Don Simón became concerned. He told his brothers that one brother was missing. Another brother decided to count for himself just to make sure. "One, two, three, four, five, six." It was true. Only six brothers were present. They all began to cry and mourn the loss of their missing brother.

The brothers decided to go home. As they were walking home, they met up with their friend, Mr. Dishonest. His wagon was being pulled by his "crazy mule." He stopped and asked the brothers how their day had gone. Don Simón answered, "Seven of us went piñon picking but only six of us are going home."

Once again, Don Simón counted for Mr. Dishonest. "One, two, three, four, five, six." All the brothers bowed their heads and cried. Mr. Dishonest asked, "What will you give me if I find the brother who is missing?" Don Simón answered, "We have many sacks of piñon. We will give them to you. Our brother is worth more than all the piñon in the world." The rest of the brothers agreed. Mr. Dishonest scratched his head and thought for a moment. "Let me count this time and see what happens," he said. "One, two, three, four, five, six, seven." Mr. Dishonest began to laugh and laugh. "Whoever was counting forgot to count himself," he said. The seven brothers were

Don Simón

$\mathscr{H}$ace muchos años, había un hombre llamado don Simón. Tenía seis hermanos además de él. Ellos siempre andaban metiéndose en pleitos. Los siete hermanos eran considerados como simplones. En muchos casos, no podían comprender ni las cosas más simples de la vida. Don Simón y sus hermanos tenían un amigo que todos llamaban don Sinvergüenza. Él siempre los estaba engañando. Otras veces, hacía el esfuerzo de defraudarlos de lo que podía.

Un día, los siete hermanos decidieron ir a juntar piñón. Invitaron a su amigo, don Sinvergüenza, pero él les dijo que los encontraría después. Cuando los siete hermanos llegaron a la montaña, encontraron muchos árboles de piñón. Decidieron separarse y reunirse en la puerta antes del anochecer.

El día se pasó pronto y cuando se reunieron otra vez, los hermanos estaban muy deleitados de verse otra vez. Todos traían sus sacos llenos de piñón. Don Simón quería asegurarse de que todos los siete hermanos estuvieran presente antes de que regresaran a casa. Empezó a contar. "Uno, dos, tres, cuatro, cinco, seis." Don Simón se puso muy atribulado. Les dijo a sus hermanos que un hermano faltaba. Otro hermano decidió contar por sí mismo para asegurarse que no se hubiera equivocado. "Uno, dos, tres, cuatro, cinco, seis." Sí, era verdad. Solamente seis hermanos estaban presente. Todos empezaron a llorar y lamentar la pérdida del hermano que faltaba.

Los hermanos decidieron irse a casa. Cuando caminaban hacia la casa, encontraron a su amigo, don Sinvergüenza. Su carretón lo jalaba su "mula loca." Se paró y les preguntó a los hermanos que si cómo habían pasado el día. Don Simón respondió, "Siete de nosotros fuimos a juntar piñón pero solamente seis regresaremos a casa."

Una vez más, don Simón contó para que lo viera don Sinvergüenza. "Uno, dos, tres, cuatro, cinco, seis." Todos los hermanos bajaron la cabeza y lloraron. Don Sinvergüenza preguntó, "¿Qué me darán si yo hallo al hermano que falta?" Don Simón le respondió, "Nosotros tenemos muchos sacos de piñón. Te los daremos a tí. Nuestro hermano tiene mucho más valor que todo el piñón del mundo." Los demás de los hermanos estuvieron de acuerdo. Don Sinvergüenza se rascó la cabeza y pensó por un momento. "Déjenme contar esta vez y veremos qué pasa," dijo. "Uno, dos, tres, cuatro, cinco, seis, siete."

still a little puzzled and could not fully understand how the seventh brother had now appeared. After all, when they had counted there were only six.

But the brothers were men of their word and so they placed the sacks of piñon in the wagon. Mr. Dishonest was still laughing so hard that tears were rolling down his cheeks. All he could do was wave goodbye as he rode into the sunset with his sacks full of piñon. Don Simón and his brothers were also crying because, at last, all seven brothers had been reunited and were going home!

Don Sinvergüenza empezó a reír y reír. "El que estaba contando, olvidó contarse a sí mismo," dijo. Los siete hermanos todavía estaban un poco confusos y no podían comprender enteramente cómo el séptimo hermano ahora había aparecido. Después de todo, cuando ellos habían contado, habían solamente seis.

Pero los hermanos eran hombres de palabra, de modo que pusieron los sacos de piñón dentro del carretón. Don Sinvergüenza todavía se reía tan fuerte que las lágrimas le brotaban sobre sus cachetes. Todo lo que pudo hacer fue darles un saludo al mismo tiempo que viajaba hacia la puesta del sol con sus sacos llenos de piñón. Don Simón y sus hermanos también lloraban porque, al fin, ¡todos los siete hermanos se habían reunido y regresaban a casa!

The Christmas Miracle

$\mathcal{O}$ne day, in the town of Sonora, there was a large family by the name of Torres. The youngest of this family was named Alma. She was a very spunky and happy child. She always had a smile on her face. Alma spent most of her time with her mother and was always asking one question after another. It was getting fairly close to Christmas. The entire family looked forward to the special Christmas celebrations that took place in their poor and humble community. The church tradition was that each head of family would present a gift to the newborn king during the Midnight Mass.

Alma wanted to know what offering the family was going to make this coming Christmas. She followed her mother around and kept asking her the same question. Her mother reassured her and told her not to worry. This year was going to be different. "Remember, Alma. God has blessed me with the gift of weaving. I am going to weave a beautiful blanket for the newborn king. It is going to have every color of the rainbow." With this, Alma became very happy. She could hardly wait until her mother would start the weaving.

The time was passing by quickly. Her mother had been working on the blanket, but it was not finished. Alma worried and pleaded with her mother to please hurry up and finish the gift. One day, Alma's mother became ill, and by nightfall she had died. The entire family was saddened by the loss. Alma was the one who took it the hardest. She missed her mother so much. As a young child, she also worried about the unfinished gift, which was needed in time for the newborn king. What were they going to do? The family was very poor and buying a gift was out of the question. Alma went to her father and asked him if there was any way someone could finish the weaving. Her father explained that her mother was the only one who knew the trade and it was better if she forgot about the gift. Alma did not agree. She knew that a special gift was needed. After all, it was the birth of the newborn king.

Alma did not eat or sleep very much. She kept on thinking of the woven blanket that her mother had never been able to finish. She decided to finish the gift herself. It should not be that difficult to weave; besides, she had seen her mother weave a hundred times. She tried to continue where her mother had left off. It was not long before she lost her place in her weaving. Before she knew what had happened, she had a big mess on her hands. The yarn

❧

El milagro de la Navidad

Un día, en un pueblecito muy pequeño en Sonora, había una familia grande llamada Torres. La más joven de la familia se llamaba Alma. Era una niña muy feliz y con mucho entusiasmo. Siempre demostraba una sonrisa en su cara. Alma pasaba mucho de su tiempo con su madre y siempre le hacía pregunta sobre pregunta. Se acercaba la Navidad. Toda la familia esperaba con mucho entusiasmo las celebraciones especiales de la Navidad que tomaban lugar en su pueblecito pobre e humilde. La tradición de la iglesia era que cada cabeza de familia presentara un regalo para el rey que era recién nacido durante la Misa del Gallo.

Alma deseaba saber que oferta su familia iba a hacer en esta Navidad que se acercaba. Siguió a su madre y continuó haciéndole la misma pregunta. Su madre le aseguró y le dijo que no se apenara. Este año iba a ser diferente. "Acuérdate, Alma. Dios me ha bendecido con el regalo de saber tejer. Le voy a tejer una frazada bella al rey que es recién nacido. Tendrá todos los colores del arco iris." Al oír esto, Alma se puso muy feliz. No podía esperar hasta que su madre empezara a tejer.

El tiempo pasaba rápidamente. Su madre había estado tejiendo la frazada pero no había terminado. Alma se apenaba y le rogaba a su madre que, por favor, se apurara y terminara el regalo. Un día, la madre de Alma se enfermó, y ya para el anochecer se había muerto. Toda la familia estaba muy triste a causa de la pérdida. Alma fue la que experimentó más dolor. Hechaba mucho de menos a su madre. A causa de que era tan joven, también se apenaba del regalo que todavía no estaba terminado y que era necesario para el rey que era recién nacido. ¿Qué irían a hacer? La familia era pobre y no era posible comprar un regalo. Alma se dirigió a su padre y le preguntó si había algún modo de que alguien podría acabar el tejido. Su padre le explicó que su madre era la única que sabía el negocio y que sería mejor si ella olvidara lo del regalo. Alma no estaba de acuerdo. Sabía que un regalo especial era necesario. Después de todo, era el nacimiento del rey.

Alma no comió ni durmió mucho. Seguía pensando en la frazada tejida que su madre nunca pudo acabar. Decidió acabar el regalo. No sería tan difícil para tejer; además, había visto a su madre tejer muchísimas veces. Hizo el esfuerzo de continuar donde su madre había terminado. No pasó mucho tiempo cuando ya había perdido su lugar en el tejido. Antes de que realizara lo que había pasado, todo estaba en un estado de desorden. El hilo

was all tangled on the loom and Alma began to cry. How could she take this mess as a gift. She had never seen anything so ugly in all her life.

The days passed by quickly. Alma continued to look all over the house for a gift. A few hours before Midnight Mass, she went up into the attic. She opened her mother's cedar chest and found a brand new brown paper sack. It brought back memories. She remembered that her mother had saved it for a very special occasion. If only she had something to put inside, she thought. It was no use. She had looked everywhere and there was nothing in their house that was fit for a king. She heard her father calling for her. It was time for church. She implored them to leave without her. She would be close behind them.

Alma was ashamed. The time had finally arrived and the only gift they had to take was an empty paper sack. She went and stood before the statue of the Blessed Virgin Mary and prayed one last time. Her entire family had always been extremely religious, and the one thing they always had plenty of was candles. Her prayers had been answered. A smile appeared on her face. She looked as fast as she could and found one that had not been lit. She placed the candle inside the bag and hurried off to the Midnight Mass. The candle was loose inside the bag and made all kinds of noise.

On the way to church, she couldn't help but notice how the moon and stars were shining softly against the sand and weeds. It was such a beautiful sight! Alma wished she could stay and play. At that moment, she had an idea. She decided to place some sand into the brown bag, and then she rearranged the candle. She also took a large bundle of weeds. Finally, her gift to the newborn king was complete. How happy she was! She could hardly wait until she was inside the church.

When she arrived, all the people were waiting. The Midnight Mass was due to start at any moment. Alma started to make her way to the front pew where her family was waiting. All the people were looking at her and soft whispers and giggles could be heard. She looked so poor and humble. What made it even worse was the bundle of weeds she carried so proudly in her tiny arms. All the people were thinking the same thing. How could anyone bring such a horrible gift for the newborn king? If she brought such a ridiculous gift, what else could there be in her paper sack?

It was not long before the whispers were loud voices and laughter. No one could believe their eyes. Even Alma's family looked confused and seemed a little embarrassed. She didn't seem to care. Her face was glowing with pride. She could hardly wait until she offered her gift to the newborn king.

The mass started, and soon the priest called out for Mr. Romero so that he could offer his gift. Mr. Romero's voice was loud and clear. He informed the congregation that since he was such an outstanding woodcarver, he had

de lana estaba todo enredado en el telar y Alma empezó a llorar. Cómo podría llevar esta frazada desordenada como un regalo. Nunca en su vida había visto algo tan mal parecido.

Los días se pasaron pronto. Alma continuó buscando por toda la casa por un regalo. Unas cuantas horas antes de la Misa del Gallo, fue para el desván. Abrió la petaquilla de cedro que era de su madre y halló un saco nuevo que era de color café. Le trajo muchas memorias. Se acordó de que su madre lo había guardado para una ocasión especial. Si nomás tuviera algo para poner dentro del saco. Pero fue inútil. Había buscado por todas partes y no había nada en la casa que sería apropiado para un rey. Oyó a su padre que la llamaba. Era tiempo para ir a la iglesia. Les rogó que se fueran sin ella. Seguiría muy cerca detrás de ellos.

Alma tenía vergüenza. El tiempo, al fin, había llegado y el único regalo que ellos tenían para llevar era un saco vacío. Fue y se paró delante de la estatua de la Santa Virgen María y rezó por una última vez. Toda su familia era muy religiosa, y la única cosa que ellos siempre tenían eran velas. Sus rezos se habían realizado. Una sonrisa se apareció en su cara. Buscó tan pronto como pudo y halló una que todavía no se había encendido. Puso la vela dentro del saco y de prisa se fue a la Misa del Gallo. La vela estaba suelta dentro del saco y hacía mucho ruido.

Cuando iba a la iglesia, notó sin mucho esfuerzo como la luna y las estrellas estaban brillando suavecitas sobre el arenal y las hierbas. ¡Era una vista tan hermosa! Alma deseaba quedarse allí para jugar. En ese momento, tuvo una idea. Decidió poner un poco de arena dentro del saco de color café y entonces volvió a arreglar su vela. También tomó un envoltorio grande de hierbas. Finalmente, su regalo para el rey que era recién nacido estaba completo. ¡Qué feliz estaba! No podía esperar hasta estar dentro de la iglesia.

Cuando llegó, toda la gente esperaba. La Misa del Gallo empezaría en cualquier momento. Alma empezó a ir para el banco en la parte delantera de la iglesia donde su familia esperaba. Toda la gente la miraba y se podía oír murmullos suaves y risas. Se veía muy humilde y pobre. Lo que empeoraba la situación era el envoltorio de hierbas que llevaba con mucho orgullo en sus brazitos. Toda la gente pensaba la misma cosa. ¿Cómo podría alguien traer un regalo tan horrible para el rey que era recién nacido? Si ella traía un regalo tan ridículo, ¿qué otra cosa estaría en su saco?

No pasó mucho tiempo cuando los murmullos se convirtieron en voces altas y risas. Nadie podía creer lo que veía. Hasta la familia de Alma se miraba confusa y con vergüenza. A ella no parecía importarle. Su cara brillaba con orgullo. Ella ni podía esperar hasta ofrecer su regalo al rey que era recién nacido.

La misa empezó, y pronto el sacerdote llamó al señor Romero para que

carved a crib for the newborn king. He unveiled his gift. All the people were so impressed. You could hear the ah's and ooh's. Next came the Trujillo family. Mr. Trujillo announced that they had made a down mattress and pillow out of the geese that had been killed for this special occasion. He unveiled his gift and all the people clapped with joy. Next came Mr. Sanchez. He let all the people know that his wife had knitted an afghan, sweater, hat, booties, and a one-piece outfit for the newborn king. He unwrapped his gift and all the people wanted to see the things up close. Everybody was getting nervous. Would they be able to outdo each other? Next came the Abeyta family. Mr. Abeyta announced that the entire family was going to clean the church and bring wood for an entire year. The people could not believe what they had just heard. The voices were so loud that the priest was having a difficult time keeping order in the church. When the congregation finally calmed down, the priest called the Corona family. The husband stood up and announced that since his wife was the best cook and baker in the area, he and his family wanted to invite everybody to their house after Midnight Mass. This would be a special party to celebrate the birth of the newborn king. All the people were flabbergasted. How could anyone be able to feed so many people? This took a lot of planning, hard work, and money.

Finally, the priest called on Mr. Torres. He hesitated for a moment. He cleared his throat and fought back his tears. He began to explain how he had just lost his wife and had been left with many children to raise. He had been laid off as a sheepherder, and on behalf of his family and himself, he wanted to let everybody know that they had no gift to bring.

Very few of the people had any sympathy for them. The majority of them were very disgusted. Alma pulled on her father's jacket and informed him that they did have a gift. Before her father could stop her, she made her way to the front of the altar. Alma knelt and began to speak. Her voice carried throughout the entire church. "Baby Jesus. I wanted to tell you that my mother had started to weave a beautiful blanket for you, but she died before she could finish it. I'm sure that our beloved mother is with you in heaven. I also know that you gave her permission to be with us on this blessed Christmas. I tried so hard to finish your blanket, but my efforts were in vain. On my way to church, I couldn't help but notice the field of beautiful weeds. Since you made them, I thought that you would love to see them again. Here! I hope you enjoy them." She placed them inside an empty flower plant. "I also found a brown paper sack that my mother had saved. All I could find was a new candle. On the way to church, I came across some sand. Here; let me show you." She opened the bag, rearranged it, and lit the candle. "See how beautiful it looks. My gift doesn't have a name, but if you want, we can call it a Christmas farolito. That way, when we all go home, you will not be

52

pudiera ofrecer su regalo. La voz del señor Romero era alta y muy clara. Le informó a la congregación que porque él era un escultor en madera tan sobresaliente, había entallado un pesebre para el rey que era recién nacido. Sacó su regalo. Toda la gente estaba muy impresionada. Se odía oír los ooh's y aah's. Después, le tocó a la familia Trujillo. El señor Trujillo les anunció que ellos habían hecho un colchón y una almohada de plumas de ganso que habían matado para esta ocasión tan especial. Sacó su regalo y toda la gente aplaudió con alegría. Después vino el señor Sánchez. Les informó a toda la gente que su esposa había tejido un suéter afgano, un sombrero, unos zapatitos, y un vestidito para el rey que era recién nacido. Sacó su regalo y toda la gente deseaba ver las cosas. Todos se estaban poniendo muy nerviosos. ¿Podrían ellos exceder unos a otros? Después vino la familia Abeyta. El señor Abeyta anunció que toda la familia iba a limpiar la iglesia e iba a traer leña por un año entero. La gente no podía creer lo que había oído. Las voces estaban tan altas que se le hacía dificultoso al sacerdote para asegurar que se calmaran en la iglesia. Cuando, al fin, la congregación se calmó, el sacerdote llamó a la familia Corona. El esposo se paró y anunció que, porque su esposa era la mejor cocinera y panadera en el área, él y su familia deseaban invitar a todos a su casa después de la Misa del Gallo. Esto sería un festejo especial para celebrar el nacimiento del rey. Toda la gente estaba muy asombrada. ¿Cómo podría cualquiera dar de comer a tanta gente? Esto tomaba mucho tiempo para planear, requiría mucho trabajo y mucho dinero.

Finalmente, el sacerdote llamó al señor Torres. Titubeó por un momento. Toció para limpiar su garganta e hizo un esfuerzo para no llorar. Empezó a explicar como había perdido a su esposa y se había quedado con muchos niños para cuidar. Ya no tenía empleo como borreguero y en nombre de su familia y de él, quería decirles a todos que ellos no tenían un regalo.

Muy poca de la gente les tenía simpatía. La mayoría de ellos estaban muy disgustados. Alma le tocó la chaqueta de su padre y le informó que ellos sí tenían un regalo. Antes de que su padre pudo pararla, ella caminó hacia el altar que estaba delante la iglesia. Alma se arrodilló y empezó a hablar. Su voz se pudo oír por toda la iglesia. "Niño Jesús. Yo quería decirte que mi madre empezó a tejerte una frazada bella pero se murió antes de acabarla. Estoy segura de que nuestra madre querida está contigo en el cielo. También sé que Tú le diste permiso para que ella estuviera con nosotros en esta Navidad sagrada. Hice un esfuerzo grande para acabar tu frazada pero mis esfuerzos fueron en vano. Cuando viajaba para la iglesia, vi el campo lleno de hierbas bellas. Porque Tú las hiciste, yo pensé que quisieras verlas otra vez. ¡Toma! Espero que las disfrutes." Las puso dentro de una planta de flores que estaba vacía. "También hallé un saco de color pardo que mi madre

left in total darkness. Oh, one last thing. Before I go back to join my family, I would like to say, Happy Birthday, my dearest friend." With this, she knelt down and kissed the statue of the newborn king. The entire church was so quiet that you could hear a pin drop. Everybody was crying by this time.

The priest stood up and informed the congregation that it was time for the procession. The priest took the little girl's hand and walked out of the church. All the people followed. It was not long before flickering lights were illuminating their path. As they got closer, hundreds of Christmas farolitos were glowing. Everybody kept walking walking. Where the field of weeds had once stood, there were now beautiful red flowers. Those types of flowers had never been seen before.

Alma went running to where her father was standing and tried to convince him that she was not responsible for so many farolitos. She had only made one, and she didn't even know how because she had never seen one before. When she had cut the bundle of weeds, there had been no flowering plants. She told her father, "I have no idea where so many Christmas plants have come from. From this day forward, the world will come to know them as the Christmas Poinsettias." At this moment, she realized what she had called them but she didn't know why. In a loud voice, the priest yelled out, "Praise the Lord! A miracle has taken place." All the people knelt down and prayed.

A short time later, the priest led the people back to the church. When they all entered the church, it was fully illuminated with a golden glow emanating from so many farolitos. The light was shining against all the poinsettias surrounding the altar and the nativity set. It was so breathtaking and everybody seemed to be enthralled and in a daze.

When all the people finally sat down, they began to hear some music. The sound was coming closer and getting louder. Soon, a group of men and women, whom they had never seen before, made their way into the crowded church. They were a group of mariachis. They circled the altar and began to play and sing "Las Mañanitas," or Happy Birthday to the Newborn King.

I myself don't know if this miracle really took place. But according to the legend, it really happened in order to teach us that we must never laugh at the misfortune of others. Especially during Christmas time!

había ahorrado. Todo lo que pude hallar fue una vela nueva. Cuando iba hacia la iglesia, encontré un poco de arena. Toma; déjame enseñarte." Abrió el saco, lo arregló, y encendió la vela. "Ves qué bello se mira. Mi regalo no tiene nombre pero, si quieres, le podemos llamar el farolito de la Navidad. Así, cuando todos regresamos a casa, Tú no te quedarás en tinieblas. Oh, y otra cosa. Antes de que regrese y me reúna con mi familia, quisiera decirte, feliz cumpleaños, mi querido amigo." Con esto, se arrodilló y besó la estatua del rey que era recién nacido. Todos en la iglesia estaban tan quietos que hasta se podría oír caer un alfiler. Todos ya estaban llorando.

El sacerdote se paró e informó a la congregación que era tiempo para la procesión. El sacerdote tomó a la niña de la mano y caminaron para afuera de la iglesia. Toda la gente siguió. No pasó mucho tiempo cuando muchísimas luces brillantes iluminaban su vereda. Conforme se acercaron, muchos farolitos de Navidad estaban ardiendo. Todos siguieron caminando. Donde en un tiempo el campo de hierbas había estado situado, ahora habían flores bellas y rojas. Esos tipos de flores nunca se habían visto.

Alma se fue corriendo para donde estaba su padre e hizo el esfuerzo para convencerlo de que ella no era responsable por tanto farolito. Solamente había hecho uno y ni sabía cómo porque nunca había visto uno. Cuando había cortado el envoltorio de hierbas, no habían plantas floreciendo. Le dijo a su padre, "No tengo idea de dónde vinieron tantas plantas de Navidad. Desde este día en adelante, el mundo las reconocerá como Poinsettias de Navidad." En este momento, realizó lo que les había llamado pero ni sabía por qué. En una voz alta, el sacerdote grito, "¡Alabado sea el Señor! Ha transcurrido un milagro." Toda la gente se puso de rodillas y rezó.

Poco tiempo después, el sacerdote llevó a la gente para la iglesia. Cuando entraron a la iglesia, estaba totalmente iluminada con un resplandor color del oro que emanaba de tantos farolitos. La luz brillaba sobre todas las poinsettias que rodeaban el altar y las figuras del nacimiento. Era tan fascinante y todos parecían estar esclavizados y deslumbrados.

Cuando toda la gente al fin se sentó, ellos empezaron a oír música. El sonido se acercaba y parecía hacerse más ruidoso. Pronto, un grupo de hombres y mujeres, quienes no se habían visto antes, entraron para la iglesia que estaba tan llena de gente. Era un grupo de mariachis.

Ellos rodearon el altar y empezaron a tocar y cantar "Las Mañanitas" al rey que era recién nacido.

Yo, personalmente no sé si este milagro realmente tomó lugar. Pero según la leyenda, sí transcurrió para enseñarnos que nunca debemos reírnos de la mala fortuna de otros. ¡Especialmente durante el tiempo de la Navidad!

The Christmas Doll

*M*any years ago there was a young child by the name of Raquel Ebell. She grew up in a hostile and cold environment with a cold-hearted mother. Raquel's mother had refused to love her due to the color of her skin, hair, and eyes. Raquel had always been alienated from her mother and every day was a struggle in trying to win her mother's love.

The years had gone by slowly and this year would be no different. Soon it would be Christmas. As a young child, she could not fully comprehend why Santa Claus would never bring her a doll during Christmas time. After all, she had been trained to do most of the housework at a very early age. Raquel rarely disobeyed, since displeasing her mother was the last thing on her mind. Raquel kept praying that her mother would love her and that Santa Claus would bring her a doll for Christmas.

The only doll Raquel played with didn't even have a face. It was nothing more than old rags rolled up and tied with a safety pin. Yet her make-believe doll had a name and was well cared for. A few months before, she had dreamt about a beautiful doll with long golden curls. She named her "My Christmas Doll."

Even though her mother rarely showed her love, Raquel had a godmother who was extremely kind to her. Once in a while, Raquel was given permission to visit her godmother. These were the fondest and most treasured memories during her entire childhood. She loved to tell Raquel how she had lost her husband and her only son during the Indian conflict. Raquel would listen and was fascinated by the dramatic episodes of long ago.

Her godmother told her that one day, while her husband was scouting for the soldiers, he went ahead to make sure the trail was clear. He came across a few Indian women with their young children. He knew that if something was not done quickly, all these women and children would be killed once the soldiers arrived. He feared for his life, for he knew what would happen to him if he got caught by the soldiers trying to help the Indians. Yet he took his chances.

He took them all into a cave where he had previously spent the night. There, they would be safe. He provided them with blankets, food, matches, and a couple of rifles. With that, he left to reunite with his son and the other soldiers.

La muñeca de Navidad

*H*ace muchos años había una niña llamada Raquel Ebell. Ella fue criada en un ambiente muy hostil y frío con una madre muy desamorada. La madre de Raquel había rehusado amarla debido al color de su piel, pelo y ojos. Raquel siempre había estado enajenada de su madre y cada día era un esfuerzo para hacer la diligencia de ganar el amor de su madre.

Los años habían pasado con lentitud y este año no sería diferente. Pronto, sería el tiempo de la Navidad. Como niña joven, ella no podía comprender por qué Santo Clos nunca le traía una muñeca durante el tiempo de la Navidad. Por supuesto, a ella la habían entrenado para hacer mucho del trabajo de la casa desde que era muy joven. Raquel casi nunca era desobediente, y desplacer a su madre era la última cosa en su mente. Raquel siguió rezando que su madre la amara y que Santo Clos le trajera a ella una muñeca para la Navidad.

La única muñeca con que Raquel jugaba ni tan siquiera tenía una cara. Era nada más que unos trapos viejos hechos rollo y enlazados con un alfiler de seguridad. Sin embargo, su muñeca imaginaria tenía un nombre y estaba bien cuidada. Unos cuantos meses antes, había soñado con una muñeca bellísima con rizos largos y de color del oro. Le dio el nombre de "Mi Muñeca de la Navidad."

A pesar de que su madre casi nunca le mostraba amor, Raquel tenía una madrina que era muy cariñosa con ella. De vez en cuando, le daban permiso a Raquel para visitar a su madrina. Estas eran sus memorias más queridas y las que más apreciaba durante toda su joventud. Le gustaba a su madrina decirle a Raquel como ella había perdido a su esposo y a su hijo único durante los conflictos con los indios. Escuchaba Raquel y estaba fascinada con los episodios dramáticos de los tiempos ancianos.

Su madrina le dijo que un día, cuando su esposo andaba espiando por los soldados, él se fue delante de los demás para asegurarse de que la vereda estaba abierta. Encontró a unas cuantas indias con sus niños jóvenes. Sabía que si no se hacía algo pronto, todas estas mujeres y niños serían matados tan pronto llegaran los soldados. Tenía miedo de perder su vida porque sabía lo que le podría pasar si fuera capturado por los soldados por haber ayudado a los indios. Sin embargo, tomó la chanza.

Llevó a todos a una cueva donde había pasado la noche anteriormente.

Not long after this incident, both the husband and the son were killed. Raquel's godmother always wondered who had really killed the two men in her life: the Indians or the soldiers? Had it been a conspiracy in retaliation for his past actions? Both had died by gunshots and not by arrows. She would never know.

Life was never the same for her. The only time she seemed to be extremely happy was when Raquel was with her. Three days before Christmas, Raquel and her godmother went to the general store to cash her government-pension check and buy groceries. Behind the glass window Raquel saw the doll of her dreams. It was beautiful! After so many years of wanting a doll, she had never imagined that there could be one so special as this one. Raquel asked if she could stay outside the store. If she couldn't have the doll, at least she would see her for as long as possible. The doll was about fifteen inches tall. She was wearing a flowing taffeta gown with a feather-trimmed bonnet. It had a mohair wig with long golden curls. The doll had black leather shoes and pierced earrings. It had a porcelain face with deep blue eyes and fair skin. She looked so real. This was the first time that Raquel had seen someone who looked like herself. Soon, her godmother came out of the store and found Raquel with the biggest smile on her face.

Leaving the doll was the hardest thing Raquel did as a young child. All the way home, Raquel kept telling her godmother that maybe one day soon her mother was going to love her, and maybe then she would have the doll that was in the window.

After waiting in anticipation, Christmas eve finally arrived. Raquel kept pacing the floor but there was no sign of Santa Claus visiting her house. She was worried. Her mother had refused to put up a Christmas tree or luminarias. Would Santa Claus be able to find the house? Raquel grew tired. Before going to bed, she lit a candle and placed it on her window hoping that maybe, if Santa were flying through the sky, he could see it and stop. Raquel was falling asleep when she heard voices coming from the kitchen. A short while later, her godmother came into her bedroom and told her that she had come to take her home with her. Raquel dressed quickly. She was bundled in heavy blankets.

They got in a sleigh, which was pulled by two horses. It was a wonderful ride. The night was clear, the stars were twinkling brightly in the heavens, and the moon was full. The snow covered everything in sight. It was a picture of a magical winter wonderland. It was so peaceful. Raquel wanted this happiness to last forever.

When they finally arrived, Raquel's godmother asked her to pray to the Baby Jesus and reassured Raquel that, somehow, this Christmas was going to be different from all the rest. Raquel obeyed and soon she fell asleep.

Allí, estarían seguros. Les proveyó con frazadas, comida, cerillos, y unas cuantas carabinas. Con eso, se fue para reunirse con su hijo y los otros soldados.

No mucho después de este incidente, el esposo y el hijo fueron matados. La madrina de Raquel siempre tenía curiosidad por saber quién en realidad había matado a los dos hombres de su vida: ¿los indios o los soldados? ¿Había sido una conspiración en un desquite por sus acciones del pasado? Los dos habían muerto a balazos y no por flechazos. Ella nunca podría saberlo.

La vida nunca fue lo misma para ella. La única vez que parecía estar muy contenta era cuando Raquel estaba con ella. Tres días antes de la Navidad, Raquel y su madrina fueron a la tienda de comestibles para cambiar su cheque de pensión proveído por el gobierno para comprar abarrotes. Detrás de una ventana de vidrio, Raquel vio la muñeca de sus sueños. ¡Era bellísima! Después de tantos años de estar deseando una muñeca, nunca había imaginado que podría haber una tan especial como esta. Raquel preguntó si podría estarse afuera de la tienda. Si no podría poseer la muñeca, tan siguiera la podría ver por tan largo tiempo posible. La muñeca tenía como quince pulgadas de altura. Estaba arropada con un vestido de tafetán que parecía ondear y con una gorra con plumas. Tenía una peluca de pelo de camello con rizos largos de color del oro. La muñeca tenía zapatos de cuero negro y tenía arracadas. Tenía una cara como de porcelana con ojos azules. Se veía como si fuera viva. Esta era la primera vez que Raquel había visto a alguien que se parecía a ella. Pronto, su madrina salió de la tienda y halló a Raquel con una gran sonrisa en su cara.

Dejar la muñeca fue la cosa más difícil que Raquel hizo cuando era una jovencita. Todo el camino para la casa, Raquel siguió diciendo a su madrina que posiblemente, algún día, su madre la iba a amar y posiblemente, entonces, ella podría poseer la muñeca que estaba en la ventana.

Después de esperar con mucha anticipación, llegó la víspera de la Navidad. Raquel siguió dando pasos por el piso pero no había ni una señal de que Santo Clos visitaría su casa. Estaba atribulada. Su madre había rehusado poner un árbol de Navidad o luminarias. ¿Iría a hallar su casa el Santo Clos? Raquel se cansó. Antes de acostarse, encendió un vela y la puso en su ventana con el deseo de que, posiblemente, si Santo Clos estaba volando por el cielo, podría verlo y pararía. Raquel se estaba durmiendo cuando oyó voces que venían de la cocina. Un poquito después, su madrina vino para su recámara y le dijo que había venido para llevarla para su casa con ella. Raquel se puso su ropa de prisa. Estaba envuelta en frazadas muy pesadas.

Subieron al trineo jalado por caballos. Fue un paseo admirable. La noche era una sin nubes, las estrellas brillaban en los cielos, y la luna estaba crecida. La nieve cubría a todo lo que se podía ver. Era un retrato de un invierno

Next day, Raquel's godmother woke her up and wished her a Merry Christmas. Raquel got out of bed and followed her godmother into the living room. Before her eyes stood the biggest tree with many homemade ornaments. It was beautiful! Under the Christmas tree was a present with a large red bow. It was especially for Raquel. She jumped up and down with joy, asking, "Is it really for me?" Finally, the moment came when Raquel opened her gift. Inside was her "Christmas Doll;" the doll she had seen at the store. There are no words to fully describe the thrill Raquel experienced on that blessed Christmas Day. Yes, Santa Claus did find the house where Raquel was spending the night. Maybe it was because the Baby Jesus gave him such good directions!

Many years later when Raquel's mother was dying, Raquel held her mother in her arms and whispered, "I love you. I always have!" Her mother answered, "I know. I'm sorry that I could not love you back." With this, she closed her eyes and passed away.

mágico. Estaba tan tranquilo. Raquel deseaba que esta felicidad durara para siempre.

Cuando al fin llegaron, la madrina de Raquel le imploró que rezara al Niño Jesús y le aseguró a Raquel que, posiblemente, esta Navidad iba a ser diferente comparada con todas las otras. Raquel obedeció y pronto estaba dormida.

Al siguiente día, la madrina de Raquel la despertó y le deseó una feliz Navidad. Raquel se levantó de la cama y siguió a su madrina para el cuarto de recibo. Ante sus ojos estaba colocado el árbol más grande con muchos ornamentos hechiceros. ¡Era tan bello! Debajo del árbol de Navidad estaba un regalo con un lazo grande y rojo. Era especialmente para Raquel. Ella brincaba con mucha alegría preguntando, "¿Es verdaderamente para mí?" Finalmente, el momento llegó cuando Raquel abrió su regalo. Dentro estaba su muñeca de Navidad; la muñeca que había visto en la tienda. No hay palabras para describir totalmente el gusto que Raquel experimentó en ese sagrado Día de Navidad. Sí, Santo Clos halló la casa donde Raquel estaba pasando la noche. ¡Posiblemente sería porque el Niño Jesús le dio tan buenas direcciones!

Muchos años después cuando la madre de Raquel se estaba muriendo, Raquel la tomó en sus brazos y le habló al oído diciéndole, "Te amo; siempre te he amado." Su madre le respondió, "Yo sé. Estoy disgustada que yo no pude amarte a tí también." Con esto, cerró sus ojos y pasó a mejor vida.

Amapola Fernández

*M*any years ago, there was a young lady by the name of Amapola Fernández. She fell in love with Lorenzo Jácquez and married him. He had built her a beautiful house surrounded by trees, grass, and flowers. The river ran close to their house, and often she would go and wash her long black hair and bathe in the cool spring water. Amapola loved to ride her horse in the open fields nearby.

One day, she became very sick and passed away. Her husband buried her next to their house. As years swept by, Lorenzo continued to grieve. He could not find it in his heart to love another woman. Finally, Lorenzo decided to sell the house and land. The new owners were Marcos and Elena Fuentes. Lorenzo moved away, and he never told the new owners that he had been married and that his wife had died.

One day, the new owners were milking the cows when they heard their dogs barking loudly. They left the barn to see a beautiful young girl riding on a horse. The new owners beckoned to her, but the young girl rode away. Another time, the new owners were having supper and both Marcos and Elena could smell candles burning. They looked around and saw that the candles on the chandeliers were lit. Another night, they heard footsteps. They got up and searched the house, but saw no one. At times, the owners would see the rocking chair moving back and forth.

One afternoon, the piano was playing a beautiful melody all by itself, and the entire house was filled with the aroma of flowers. On more than one occasion, the new owners would come down the stairs and find the table set. They were convinced that the house was haunted. Even though they believed that the ghost would not cause them any harm, they were scared and refused to stay alone in the house.

Late one night, the new owners were awakened by the crying and screaming of a woman. They quickly learned that the house was on fire. The new owners were able to flee the blaze and save themselves. The house burned to the ground. The ghost of Amapola Fernández, who had roamed the house and property for many years after her death, had reached from beyond the grave for the last time. In saving the new owners, the ghost of Amapola was now free to leave the tunnel of darkness and travel toward the bright light.

Amapola Fernández

*H*ace muchos años, vivía una señorita llamada Amapola Fernández. Se enamoró con Lorenzo Jácquez y se casó con él. Él le había construido una casa bellísima rodeada de árboles, césped, y flores. El río corría cerca de la casa, y muchas veces, ella iba y se lavaba su pelo moreno y largo y se daba baños en el agua de fuente que estaba muy fresca. A Amapola le gustaba andar en su caballo en los campos cercanos.

Un día se puso muy enferma y pasó a mejor vida. Su esposo la enterró cerca de su casa. Con el paso del tiempo, Lorenzo continuó con su dolor. Finalmente, Lorenzo decidió vender la casa y el terreno. Los nuevos dueños eran Marcos y Elena Fuentes. Lorenzo se mudó y nunca les dijo a los nuevos dueños que había estado casado y que su esposa se había muerto.

Un día, los nuevos dueños nuevos estaban ordeñando las vacas cuando oyeron los perros ladrando ruidosamente. Salieron del granero para ver a una jovencita bella andando a caballo. Los nuevos dueños la llamaron pero la jovencita se fue. Otra vez, los nuevos dueños estaban tomando la cena y los dos, Marcos y Elena, podían oler velas encendidas. Miraron a su alrededor y vieron que las velas en los candeleros estaban encendidas. En otra noche, oyeron pasos. Se levantaron y buscaron por toda la casa pero no vieron a nadie. A veces, los dueños veían la mecedora moviéndose de un lado a otro.

Una tarde, el piano tocaba una melodía bellísima por sí mismo y toda la casa se llenó con el aroma de flores. En más de una ocasión, los nuevos dueños bajaban los escalones y hallaban la mesa preparada para comer. Estaban convencidos de que la casa estaba frequentada por apariciones. No obstante que creían que la aparición no les causaría ninguna maldad, los dos estaban muy aterrorizados y rehusaban estarse solos en la casa.

Una noche cuando ya era muy tarde, los dueños fueron despertados por el llanto y los gritos de una mujer. Pronto realizaron que la casa estaba quemándose. Los nuevos dueños pudieron escapar de las llamas y salvarse. La casa se quemó hasta el suelo. La aparición de Amapola Fernández, que había vagado por la casa y propiedad por muchos años después de su muerte, se había extendido fuera del sepulcro por última vez. Por haber salvado a los nuevos dueños, la aparición de Amapola ahora estaba libre para salir de ese túnel tan obscuro y viajar hacia la luz brillante.

❧

The Storyteller

*O*nce upon a time, there was a king who lived with his wife and daughter. He loved to hear stories. Many of his subjects wanted to please their king and so they came from far away lands to share some of their own stories. This made the king extremely happy. He was entertained with a large variety of stories, which went on for many years. The king was so busy listening to all the stories that he didn't even notice that his daughter was all grown up and his wife was much older. The king had heard thousands of stories, but most of them lasted only for a short while. He grew restless and decided that if there was a young man who could relate a story for a whole month or more, he could marry his daughter.

Many handsome men came to entertain the king in hopes of marrying the princess, but it was of no use. It seemed that the more they tried, the worse it got. One by one, they lost their chance of marrying the beautiful princess. The first one fell asleep telling his own story, the second got tired of talking, the third lost his voice, and the fourth forgot his story and began to cry. It was one disaster after another and no one would last more than a few days. The king was always left pacing the floor and wanting to hear another story.

One day, a storyteller came to try his luck. He made a deal with the king. The storyteller not only wanted to marry the princess, but he wanted the king to share some of his riches with him. The storyteller informed the king that he was going to tell him a story which never ended. The king was thrilled, but he needed to hear it in order to believe it! After all, many other men had tried before this one and had failed. The king and the storyteller went into a beautiful, large room that had a fireplace. The king gave orders that no one was to disturb them under any circumstances, and so the princess was left in charge. Food and water for both of them were to be delivered through a secret passage. The beautiful princess and the entire kingdom waited in anticipation wondering how long the storyteller would last.

The storyteller began relating a story about a rich man who predicted that a famine was coming. He ordered all his slaves to gather the corn and drop it inside the deepest well in the kingdom. Guards were placed on duty twenty-four hours a day to ensure that no one would steal it. The king listened intently as the storyteller continued. There was a mouse who was able to get inside the well through a hole and steal some grains of corn.

El Cuentista

Érase una vez un rey que vivía con su esposa y su hija. A él le gustaba oír cuentos. Muchos de sus vasallos querían agradar al rey y venían de tierras lejanas para compartir sus cuentos propios. Esto ponía al rey muy contento. Fué entretenido con una variedad enorme de cuentos, y esto ocurrió por muchos años. El rey estaba tan ocupado escuchando estos cuentos que ni se dio cuenta de que su hija ya era adulta y que su esposa ya estaba más anciana. El rey había oído miles de cuentos pero muchos de ellos duraban solamente por un ratito. Se puso inquieto y decidió que si había un joven que pudiera contar un cuento por un mes o más, él podría casarse con su hija.

Muchos hombres guapos vinieron para divertir al rey con el deseo de casarse con la princesa, pero fue en vano. Parecía que entre más hacían el esfuerzo, más se empeoraba la situación. Uno por uno, perdieron la oportunidad de casarse con la princesa bella. El primero se quedó dormido cuando contaba su cuento, el segundo se cansó de hablar, el tercero perdió su voz, y el cuarto olvidó el cuento y empezó a llorar. Era un desastre detrás de otro y nadie aguantaba más que unos cuantos días. El rey siempre se quedaba andando a pasos medidos con el deseo de oír otro cuento.

Un día, un cuentista vino a probar su suerte. Hizo un pacto con el rey. El cuentista no nomás deseaba casarse con la princesa, sino deseaba que el rey repartiera sus riquezas con él. El cuentista informó al rey que le iba a contar un cuento de nunca acabar. ¡El rey se deleitó, pero necesitaba oírlo para creerlo! Después de todo, muchos otros hombres habían hecho el esfuerzo antes de éste y habían fallado. El rey y el cuentista entraron a un cuarto grandísimo y hermoso que tenía un hogar. El rey dio ordenes que ninguno debía perturbarlos por ninguna circunstancia, y así la princesa se quedó encargada. Las comidas y bebidas para los dos serían entregadas por modo de un pasaje secreto. La princesa bella y todo el reino esperaron con anticipación pensando tocante cuánto tiempo aguantaría el cuentista.

El cuentista empezó a contar un cuento tocante un hombre rico que pronosticó que venía un hambre. Ordenó a todos sus esclavos que recogieran el maíz y lo depositaran en el pozo de sacar agua más hondo en el reino. Los centinelas fueron ordenados a vigilar día y noche para asegurar que nadie lo robara. El rey esucuchó atentamente al cuentista que continuaba con su cuento. Había un ratón que pudo pasar para dentro por la pared y pudo robar un grano de maíz. Cuando los otros ratones vieron como comía tan

When the other mice saw how well their friend was eating, they all took turns going for grains of corn. The mice worked day and night. At times, the guards would see a mouse or two walking away with corn, but they considered them as helpless creatures who were just taking a few grains of corn.

As the storyteller continued his story, the king became more and more engrossed in the never-ending tale and wished that it would last forever! The storyteller would make it seem as though the story were reaching a climax, but then he would taper it down so that the king was always in suspense. The story was getting so exciting. The king anxiously waited to see what would happen next! For sure, this was the most exciting story that the king had ever heard.

The storyteller continued by saying that one mouse would steal one grain of corn and then take it to his hole. Then he would say that the next mouse would steal another grain of corn and take it to his hole. Once in a while, a little mouse would walk away with a grain of corn and there would be two other mice hiding in the dark who would attack the little mouse and take the grain of corn away.

After many hours of the same thing, the storyteller was tired and so he came up with an idea. He changed the style of telling his story. He told it in a very soft and easygoing manner. At times, he would even sing his story as though it were a lullaby. It didn't take long before the king was fast asleep. He was snoring as he slept like a baby. The storyteller was so tired that he also fell asleep.

After sleeping for hours, the king would finally wake up, but not before he made all kinds of noises. The storyteller was a light sleeper and so he would wake up before the king. The storyteller would be wide awake and would continue the story as if nothing had happened. The king could not believe how well rested he felt. He believed that he had dozed off for just a split second. This process went on for days and weeks. The storyteller remained in control by varying the sound in his voice and by using his imagination to add hope, laughter, and love to the tale. After two months of hearing the same story and trying to keep up with the mice, the king was convinced that this young man was the best storyteller in the whole wide world. The king decided he should be added to the family.

So, the storyteller married the beautiful princess and together they could tell a story that could last forever if they tried!

bien su amigo, todos tomaron turnos pasando en busca de granos de maíz. Los ratones trabajaron día y noche. A veces, los centinelas veían uno o dos ratones llevándose el maíz pero los consideraban como criaturas desamparadas que solamente llevaban unos cuantos granos de maíz.

Cuando el cuentista seguía contando su cuento, ¡el rey se puso más y más absorbido con el cuento de nunca acabar y deseaba que durara para siempre! El cuentista hacía parecer como que el cuento llegaba a una culminación, pero entonces lo retenía para que el rey siempre estuviera con duda. El cuento se ponía tan excitante. ¡El rey ansiosamente esperó para ver que pasaría al seguir! Por cierto este sería el cuento más excitante que el rey habría oído.

El cuentista continuó diciendo que un ratón robaba un grano de maíz y luego lo llevaba a su agujero. Entonces decía que el ratón siguiente robaba otro grano de maíz y lo llevaba a su agujero. De vez en cuando, un ratoncito caminaba fuera de allí con un grano de maíz y entonces habían otros dos ratones ocultándose en la obscuridad y atacaban al ratoncito y le quitaban el grano de maíz.

Después de muchas horas de lo mismo, el cuentista estaba cansado y entonces tuvo una idea. Cambió el estilo de contar su cuento. Lo contó de una manera muy suave y disminuida. A veces, hasta contaba el cuento como si fuera un arrullo. No tardó cuando el rey ya estaba dormido. Estaba roncando al mismo tiempo que dormía como una criatura. El cuentista mismo estaba tan cansado que él también se durmió.

Después de haber dormido por muchas horas, el rey se despertó, pero no antes de haber hecho todas maneras de ruidos. El cuentista dormía levemente y se despertó antes que el rey. El cuentista estaba enteramente despierto y continuaba su cuento como si nada hubiera pasado. El rey ni podía creer como se sentía tan tranquilo. Creía que se había dormido solamente por un momentito. Este proceso continuó por días y semanas. El cuentista siguió en control por modo de variar el sonido de su voz y por modo de usar su imaginación para añadir esperanza, risa, y amor al cuento. Después de dos meses de oír el mismo cuento y después de hacer el esfuerzo de mantenerse con los ratones, el rey fue convencido que este joven era el mejor cuentista de todo el mundo. El rey decidió que él sería parte de la familia.

De modo que el cuentista se casó con la princesa bella y ¡los dos podrían contar un cuento de nunca acabar si harían el esfuerzo!

The Princess and the Beggar

*M*any years ago, in a very far away land, there was a king who had a young and beautiful daughter. She was extremely good-natured. The king invited over thirty young men to a party in honor of his daughter. The king believed that by doing this, the princess would meet someone and eventually fall in love and get married.

When the night of the party finally arrived, all the young men looked their best. The princess looked so beautiful and elegant in her formal gown. The party was so lovely! The music and food were extra special. All the men took their turn waltzing with the beautiful princess.

When the party was over, the king asked the princess which of the young men had won her heart. Making a choice had been extremely difficult for the princess since she could not make up her mind about which one she liked. The king kept giving one party after another. All the men kept coming back in hopes that the princess would choose them, but in the end, the princess could not decide.

One day, the king became very angry at the princess and told her that he was going to marry her off to the first man who walked through the door. At that moment, a beggar with ragged and filthy clothes and no shoes walked through the door! He was holding a bowl and was begging for food. The king saw him and almost fell over in disbelief. The beggar heard the king's words and was overjoyed. He told the king that he would gladly take the princess as his bride. The king was a man of his word, and even though his heart was breaking at the thought of his beautiful princess marrying a poor beggar, he gave them his blessing.

The beggar looked very different once he had shaved, bathed, and dressed in his new clothes. Soon, after the beggar and the princess had married, the beggar decided that it was best if they moved far away. The beggar told her that he would be able to find work as a peasant in another kingdom. The princess was very happy. Her new husband treated her with much love and respect.

The beggar and the princess decided it would be best not to tell anyone that the poor beggar had married a princess. She had left all her beautiful clothes and jewelry behind. The princess now dressed as a simple peasant girl. The beggar worked at the castle and the princess baked bread and sold it at the market. Their house was small, poor, and humble.

La princesa y el mendigo

Hace muchos años, en un país lejano había un rey que tenía una hija bella y joven. Ella era de muy buena naturaleza. El rey invitó a más de treinta jóvenes para una tertulia en honor de su hija. El rey creía que por modo de hacer esto, la princesa encontraría a alguien con quien podría enamorarse y casarse.

Cuando la noche de la tertulia al fin llegó, todos los jóvenes se miraban de lo mejor. La princesa se miraba tan bella y elegante en su vestido formal. ¡La tertulia era tan agradable! La música y la comida eran muy especiales. Todos los hombres tomaron la oportunidad de bailar el valse con la princesa tan bella.

Cuando la tertulia terminó, el rey le preguntó a la princesa que si cuál de los jóvenes le había robado su corazón. Hacer una decisión había sido muy difícil para la princesa a causa de que no podía decidir cuál de ellos amaba. El rey siguió haciendo tertulias, una tras la otra. Todos los hombres seguían regresando esperando que la princesa los escogiera, pero al final, la princesa fue incapaz de decidir.

Un día, el rey se enojó muchísimo con la princesa y le dijo que iba a casarla con el primer hombre que pasara por la puerta. Al momento, ¡un mendigo con ropa sucia y rasgada y sin zapatos pasó por la puerta! Traía una taza y les suplicaba que le dieran comida. El rey lo vio y casi se cayó de la incredulidad. El mendigo oyó las palabras del rey y se deleitó. Le dijo al rey que, con mucho gusto, tomaría a la princesa como su esposa. El rey era hombre de palabra y no obstante que su corazón se rompía al pensar en el casorio de su bella princesa con el pobre mendigo, les dio su bendición.

El mendigo se veía enteramente diferente después de que fue rasurado, bañado, y vestido con su ropa nueva. Pronto después de que el mendigo y la princesa se casaron, el mendigo decidió que sería mejor si se mudaban lejos de allí. El mendigo le dijo a ella que podría hallar empleo como campesino en otro reino. La princesa estaba muy deleitada. Su nuevo esposo la trataba con mucho respeto y amor.

El mendigo y la princesa decidieron que sería mejor si no le dijeran a nadie que el pobre mendigo se había casado con una princesa. Ella había dejado toda su ropa bella y sus joyas detrás. La princesa ahora se vestía como una campesina simple. El mendigo trabajaba en el castillo y la princesa cocía pan y lo vendía en el mercado. Su casa era pequeña, pobre, y humilde.

One year later, her husband told the princess that the king was going to give a huge party and that both of them could find work at the castle for the party. When the night of the party finally arrived, the beggar told the princess that he had to report to work at an earlier time. He told the princess that he would meet her at eight o'clock in the evening inside the castle.

The hours passed by quickly. The princess went running toward the castle. When she arrived, she found that the front door was locked. The princess knocked, and to her surprise, a guardsman opened the door as he bowed down before her. At that moment, her husband walked up to her. He took her in his arms and kissed her. The princess looked surprised and confused at the same time. She could not understand what was happening. Her husband looked very handsome in clothes that were meant for royalty. The husband welcomed his princess into their new castle. He explained that he was a real prince. He had chosen to hide his identity because he wanted to make sure that whomever he chose for a wife would love, respect, and have compassion for all the people who were poor and humble. The princess was so happy that tears were rolling down her cheeks. The music began to play and the prince bowed before the beautiful princess and took her out on the floor to dance. The princess spoke softly into the prince's ear, "This has been the happiest year of my life. May we be as happy living in this castle as we were in our humble house." The prince held her closer. She closed her eyes as the prince kissed her softly on her ruby-red lips!

Un año después, su esposo le dijo a la princesa que el rey iba a hacer una tertulia y que los dos podrían hallar empleo en el castillo durante la tertulia. Cuando la noche de la tertulia al fin llegó, el mendigo le dijo a la princesa que él tendría que ir al empleo más temprano de lo que había pensado. Le dijo a la princesa que la encontraría a las ocho de la noche dentro del castillo.

Las horas pasaron rápidamente. La princesa corrió hacia el castillo. Cuando llegó, descubrió que la puerta de en frente estaba cerrada con llave. La princesa tocó la puerta y con gran sorpresa, un centinela le abrió la puerta y al mismo tiempo inclinó su cuerpo delante de ella. En ese momento, su esposo caminó hacia ella. La tomó en sus brazos y la besó. La princesa se vio muy sorprendida y confusa al mismo tiempo. No podía entender lo que transcurría. El esposo se miraba muy guapo en su ropa que era intencionada para la soberanía. El esposo recibió con agrado a su princesa para su castillo nuevo. Le explicó que él verdaderamente era príncipe. Había intentado ocultar su identidad porque quería asegurarse de que cualquiera que escogiera para esposa amara, respetara, y tuviera compasión de toda la gente que era pobre y humilde. La princesa estaba tan deleitada que le brotaban lágrimas y le corrían sobre sus mejillas. La música empezó y el príncipe inclinó su cuerpo delante de la princesa bella y la llevó a bailar. La princesa le habló suavemente cerca al oído del príncipe, "Este ha sido el año más feliz de mi vida. Ojalá y nosotros seamos tan felices viviendo en este castillo como éramos en nuestra casita humilde." El príncipe la detuvo cerca de él. ¡Ella cerró sus ojos al mismo tiempo que el príncipe besó suavemente sus labios color de rubís!

Isidoro Salfín

One of my relatives told me that he used to know a man by the name of Don Isidoro Salfín, who was extremely impatient and went through most of his life being always angry. Any little incident would cause him to lose his temper. He would fly off the handle and start yelling and screaming. He treated his poor wife, Santana, in a very abusive manner. Don Isidoro was the type of person who would throw a temper tantrum, swear, and stamp his feet if he felt like it. He couldn't care less about who was present.

Don Isidoro and his wife Santana lived on a ranch. They owned many head of cattle, horses, pigs, sheep, chickens, a rooster, a cat, and a dog.

Despite his temper, Isidoro was a hard worker. He felt that his farm animals were very ungrateful and that they were becoming very lazy. One day, Don Isidoro lost his temper and started to curse and wish evil on all his animals. When he arrived at his house, he was still very upset and furious. He didn't even bother to remove the saddle from his horse. Don Isidoro opened the door and then banged it with all his might. He didn't even take off his jacket. He began to yell at his wife, demanding to know what she had done all day. Poor Santana was frightened, and very obediently she started to repeat all the many things she had done since she got up early in the morning.

Don Isidoro had no mercy. He shouted that he was very hungry as he sat at the table. His poor wife moved guiltily to serve him some pinto beans, tortillas, chile, and coffee. Don Isidoro threw his food-laden plate across the room and said, "Beans, again? I'm sick and tired of eating beans!" He banged the table, knocked the chair over, and got up. He undressed and went to bed. Poor Santana sat on the edge of the bed and asked him why he was so angry. Don Isidoro explained that he was fed up with all his stupid farm animals because they didn't want to work. The calves were nursing too much and were leaving him with very little milk. The horses refused to pull. The pigs were too skinny and the chickens were laying extra small eggs. The rooster wouldn't even croak and refused to wake him up. The dogs growled and got under the house and the cat mewed and mewed. Santana, his poor wife, tried to calm him down and pleaded with her husband to be more patient and kind with the animals. Don Isidoro yelled at his wife to shut up. "Tomorrow I am going to sell all my animals. The first

Isidoro Salfín

$\mathscr{U}$no de mis parientes me dijo que conocía a un hombre llamado don Isidoro Salfín, el cual era muy impaciente y pasó la mayoría de su vida siempre muy enojado. Cualquier incidente pequeño le hacía perder su temperamento. Se enloquecía y empezaba a gritar y dar alaridos. Trataba a su pobre esposa, Santana, de una manera muy abusiva. Don Isidoro era el tipo de persona que le daba la rabia, juraba, y daba patadas si le daba la gana. No le importaba ni quien estaba presente.

Don Isidoro y su esposa Santana vivían en un rancho. Poseían muchas vacas, caballos, cerdos, ovejas, gallinas, un gallo, un gato, y un perro.

A pesar de su temperamento, Isidoro era muy buen trabajador. Sentía que sus animales del rancho eran muy desagradecidos y que se estaban haciendo muy perezosos. Un día, don Isidoro se enojó y empezó a jurar y desear maldades para todos sus animales. Cuando llegó a su casa, todavía estaba muy trastornado y muy furioso. Ni hizo la diligencia para quitar la silla de montar de su caballo. Don Isidoro abrió la puerta y luego le dio golpes con toda su fuerza. Ni se quitó su chaqueta. Empezó a gritarle a su esposa, exigiendo saber qué había hecho ella todo el día. La pobre de Santana estaba asustada y con mucha obediencia, empezó a repetirle todas las cosas que había hecho desde que se había despertado tan temprano en la manaña.

Don Isidoro no tuvo misericordia. Le gritó que tenía mucha hambre al mismo tiempo que se sentó cerca de la mesa. Su pobre esposa se movió como culpable para servirle algunos frijoles pintos, tortillas, chile, y café. Don Isidoro arrojó su plato lleno de comida a través del cuarto y dijo, "¿Frijoles otra vez? !Ya estoy cansado de estar comiendo frijoles!" Le dio golpes a la mesa, tiró la silla, y se levantó. Se quitó la ropa y se fue a acostar. La pobre de Santana se sentó a la orilla de la cama y le preguntó por qué estaba tan enojado. Don Isidoro le explicó que ya estaba cansado de sus animales de rancho que eran tontos y que no querían trabajar. Los becerritos estaban mamando mucho y lo dejaban con muy poquita leche. Los caballos rehusaban trabajar. Los cerdos estaban muy flacos y las gallinas estaban poniendo huevos muy pequeños. El gallo ni cantaba y rehusaba despertarlo. Los perros gruñían y se metían debajo de la casa y el gato hacía maullidos. Santana, su pobre esposa, hizo la diligencia para calmarlo y le suplicaba a su esposo que fuera más paciente y cariñoso con los animales. Don Isidoro

to go will be the spotted cow. She is already old and of very little use to me."
His wife decided to let him do whatever he wanted.

All night long Don Isidoro tossed and turned. He was unable to sleep. Early the next day he got up and took the old cow from the barn. He was practically dragging the poor cow. He would whip her but the cow was just as stubborn as he was. She would only walk when she felt good and ready. Getting to the market was taking longer than expected. Don Isidoro was tired and decided to sit down next to a tree. He leaned his back against it. The sun was warm and Don Isidoro soon fell into a deep sleep and started to dream. In his dream, he heard a voice saying, "Don Isidoro, please wake up!" In his dream, he seemed to turn his head, but could only see his old spotted cow. He heard the voice again, "Don Isidoro, Don Isidoro! This is your old cow speaking; the one you are taking to market. You and I must have a talk. You have been treating all of us like worthless animals, including your wife. This is why we have refused to work and do what you say. The chickens lay small eggs because you feed them very little grain. The pigs are skinny because you feed them when you feel like it, and in some cases you pour their food all over them. The horses don't want to pull because they are overworked. When you are in a horrible mood, you even leave on their saddles. Don Isidoro, how would you like to be left with a tight corset day and night?" The cow continued to speak. "The rooster refuses to croak because you mistreat all his chicken girlfriends. Your dog hides under the house because you kick him. The cat cries because you throw him outside and refuse to give him milk. Now, Don Isidoro, let's talk about me and the other cows. You take away our small baby calves before it is time and won't let them nurse. In case you don't know, we have also heard how you mistreat your caring wife. You are a very mean and selfish man and you will pay for the injustices you have done."

In his dream, he heard a loud commotion. He could see all the farm animals from his farm coming toward him. They surrounded him and began to pull, poke, bite, scratch, and drag him The horses were standing on their hind legs and kicked him. His wife, Santana, was swearing worse than a man as she threw tortillas, plates, and the rolling pin at him, and she made him dance to the tune of her crackling whip! Santana started to pour all the boiling beans and chile on his head. When she was through with this, she rolled up her sleeves, raised her fists, and hit him on the face and head!

Don Isidoro woke up and said, "Oh, my God! Thank God it was only a dream. Wow, what a nightmare!" Even his head was hurting. When Don Isidoro got up, he noticed that his clothes were all torn, dirty, and bloodied. His head was really hurting and he was having a very difficult time walking.

Don Isidoro decided to return home to his wife. He had time to think

le gritó a su esposa que se callara. "Mañana yo voy a vender todos mis animales. El primero para venderse será la vaca con manchas. Ya está vieja y de muy poco uso para mí." Su esposa decidió dejarlo hacer lo que él quisiera.

Toda la noche don Isidoro se agitaba y se daba vueltas. No podía dormir. Al siguiente día, muy temprano, se levantó y sacó la vaca del granero. Casi tuvo que arrastrar a la pobre vaca. Le daba azotes pero la vaca era tan cabezuda como él. Nomás caminaba cuando le daba el deseo y cuando estaba lista. Llegar al mercado se tomaba más de lo que se esperaba. Don Isidoro estaba cansado y decidió sentarse cerca de un árbol. Se recostó contra el árbol. El sol estaba caliente y don Isidoro pronto se quedó dormido profundamente y empezó a soñar. En su sueño, oyó una voz que le decía, "Don Isidoro, por favor de levantarse!" En su sueño, parecía que daba vuelta con su cabeza pero, sin embargo, podía nomás ver su vaca con manchas. Oyó la voz otra vez, "¡Don Isidoro! ¡Don Isidoro! Esta es tu vaca vieja hablándote; la que estás llevando al mercado. Tú y yo tenemos que hablar. Has estado tratando a todos nosotros como animales sin valor, incluyendo a tu esposa. Por eso es que nosotros hemos rehusado trabajar y hacer lo que tú dices. Las gallinas ponen huevos pequeños porque les das muy poquito grano. Los cerdos son flacos porque les das comida cuando te da la gana y en algunos casos, les vacías la comida sobre ellos. Los caballos no quieren jalar porque están muy trabajados. Cuando estás de mal humor, hasta les dejas las sillas de montar sobre ellos. Don Isidoro, ¿como te gustaría a ti que te dejaran con un corsé muy ajustado día y noche?" La vaca siguió hablando. "El gallo no quiere cantar porque maltratas a todas sus gallinas que son sus amadas. Tu perro se esconde debajo de la casa porque le das patadas. El gato llora porque lo arrojas para afuera y rehusas darle leche. Ahora, don Isidoro, hablaremos de mí y de las otras vacas. Nos quitas nuestros becerritos antes de tiempo y no los dejas mamar. En caso de que no sepas, también hemos oído como maltratas a tu esposa que te cuida tanto. Eres un hombre malo y goloso y pagarás por las injusticias que has hecho."

En su sueño oía un tumulto. Podía ver todos los animales de su rancho acercándosele. Lo rodearon y empezaron a tirarlo, empujarlo, morderlo, rasguñarlo, y arrastrarlo. Los caballos estaban parados de mano y le daban patadas. ¡Su esposa, Santana, juraba peor que un hombre al mismo tiempo que le tiraba tortillas, platos, y el rodillo del pastelero y le hizo bailar al sonido de su látigo! Santana empezó a vaciar todos los frijoles que estaban hirviendo y el chile sobre su cabeza. Cuando ella terminó con esto, arrolló sus mangas, cerró sus puños, ¡y le dio puñalazos en la cara y la cabeza!

Don Isidoro despertó y dijo, "¡Oh, Dios mío! Gracias a Dios que era solamente un sueño. !Qué pesadilla!" Hasta su cabeza le dolía. Cuando don Isidoro se levantó, se dio cuenta de que su ropa estaba rota, sucia, y

about his cruel behavior with his wife and animals at the farm. When he arrived at his house, poor Santana was shocked with his appearance. Don Isidoro was in a good mood despite his condition. He was overly friendly toward her. He wanted to kiss and hug her. Doña Santana was very suspicious and pulled away. At that moment, the cows began to moo, the pigs to oink, the chickens to cackle, the rooster to crow, the horses to neigh, the dog to bark, and the cat to meow. Don Isidoro fell to his knees and begged for forgiveness. He told his wife about his dream and how everybody had rebelled against him. Doña Santana smiled and reassured him that so long as he changed his ways and became a kind, patient, and charitable husband, they would all forget about doing these awful things in the dream to him. Don Isidoro agreed. They all lived happy together and he never mistreated his wife or animals again!

ensangrentada. Su cabeza le dolía muchísimo y tenía mucha dificultad en andar.

Don Isidoro decidió regresar a casa con su esposa. Tuvo tiempo para pensar tocante su comportamiento tan cruel con su esposa y los animales en el rancho. Cuando llegó a su casa, la pobre de Santana estaba asombrada al ver su apariencia. Don Isidoro estaba de buen humor a pesar de su condición. Estaba muy amistoso con ella. Quería besarla y darle un abrazo. Doña Santana estaba muy sospechosa y se alejaba. En ese momento, las vacas empezaron a bramar, el cerdo a dar alaridos, las gallinas a caracaquear, el gallo a cantar, el caballo a relinchar, el perro a ladrar, y el gato a llorar. Don Isidoro se puso de rodillas y les rogó por perdón. Le dijo a su esposa de su sueño y como todos se habían rebelado contra él. Doña Santana se sonrió y le aseguró que conforme él cambiara de sus modos y se hiciera un esposo bondadoso, paciente, y caritativo, ellos todos olvidarían de hacerle todas esas cosas terribles que habían transcurrido en el sueño. Don Isidoro estuvo de acuerdo. ¡Todos vivieron felices juntos y jamás volvió a maltratar a su esposa o sus animales!

The Little Lost Boy

This story was told to me by my Grandma Petra on one Christmas eve when my cousin and I went to stay overnight at her house.

Many years ago, there was a young boy named Andrés. He lived with his mother, Martina. She was very kind and religious. She would always tell Andrés stories about the celebration and birth of the Baby Jesus. Andrés knew that in the Spanish culture, one would celebrate a birthday with piñatas, candy, gifts, and singing "Las Mañanitas." He was confused. Why was there only a Christmas tree to commemorate the birth of the Baby Jesus during Christmas time?

Not long after, Martina took out their nativity set. She placed the Blessed Mother, Saint Joseph, the shepherds, kings, sheep, donkeys, and an empty crib under the tree. Andrés continued to be puzzled and asked his mother why the Baby Jesus was missing and not in the box with the rest of the things. Before his mother could answer, Andrés walked into the next room and began to think. Soon, he came to the conclusion that the Baby Jesus was lost. Andrés decided to go look for the Baby Jesus, because without Him there could be no party. He decided not to let his mother know about his plans.

While Martina was busy in the other room, Andrés put on his winter boots, jacket, cap, and gloves. Very quietly, he opened the back door and started on the trail that would take him to La Cuchilla, or The Meadow. The trail was snowpacked, and it continued snowing with a lot of blowing wind. Andrés looked so small and helpless. He cupped his tiny hands close to his mouth so his voice would carry further as he began to call out. "Baby Jesus, Baby Jesus. Please come home. My mother and I cannot find you. It's your birthday." There was no answer. It was late and dark. Andrés kept walking and calling out. He kept falling in the snow as he continued his search. Soon he felt alone, cold, scared, and hungry. The wind kept blowing stronger and its echo seemed to say, "Andrés, go back to your house or you will get lost!"

He kept looking all around but was unable to find the Baby Jesus. He decided that maybe it was time to go home and tell his mother that he had been unable to find the Baby Jesus. Maybe they could celebrate his birthday another day. But Andrés soon realized that he did not know where his house

El niño perdido

Este cuento me lo contó my abuelita Petra durante una víspera de Navidad cuando mi prima y yo fuimos a pasar la noche en su casa con ella.

*H*ace muchos años, vivía un jovencito llamado Andrés. Vivía con su mamá, Martina. Ella era cariñosa y religiosa. Siempre le contaba cuentos a Andrés de la celebración y el nacimiento del Niño Jesús. Andrés sabía que en la cultura española, uno podía celebrar un cumpleaños con piñatas, dulces, regalos, y cantando "Las Mañanitas." Estaba confuso. ¿Por qué había nomás un árbol de Navidad para conmemorar el nacimiento del Niño Jesús durante el tiempo de la Navidad?

No mucho después, Martina sacó las imágenes del nacimiento. Puso a la Santa Madre, San José, los pastores, los reyes, las ovejas, los asnos, y un pesebre vacío debajo del árbol. Andrés continuó estando confuso y le preguntó a su madre por qué el Niño Jesús faltaba y no estaba en la caja con las demás cosas. Antes de que su madre podía responder, Andrés caminó hacia el otro cuarto y empezó a pensar. Pronto, concluyó que el Niño Jesús estaba perdido. Andrés decidió ir en busca del Niño Jesús, porque sin Él, no podría haber festejo. Decidió no informar a su madre de su plan.

Mientras Martina estaba ocupada en el otro cuarto, Andrés se puso sus botas de invierno, su chaqueta, su gorra, y sus guantes. Sin hacer ningún ruido, abrió la puerta detrás de la casa y empezó a caminar por la vereda que lo llevaría para La Cuchilla. La vereda estaba llena de nieve y continuaba nevando con mucho viento. Andrés se veía tan pequeño y desamparado. Acercó sus manos a su boca para que su voz tuviera más fuerza cuando empezó a gritar, "Niño Jesús, Niño Jesús. Por favor de regresar a casa. Mi madre y yo no te hallamos. Es tu cumpleaños." No hubo respuesta. Era tarde y estaba obscuro. Andrés siguió caminando y gritando. Seguía cayéndose en la nieve al mismo tiempo que continuaba su búsqueda. Pronto, se sintió solo, con frío, espantado, y con hambre. El viento seguía volando y su eco parecía decir, "Andrés, ¡regresa a tu casa o te irás a perder!"

Siguió buscando por donde quiera pero no pudo hallar al Niño Jesús. Decidió que posiblemente sería tiempo para regresar a casa a decirle a su madre que no había podido hallar al Niño Jesús. Posiblemente podrían celebrar su cumpleaños en otro día. Pero Andrés pronto realizó que no sabía dónde estaba situada su casa. Estaba perdido y con mucho miedo. Empezó

was. He was lost and scared. He began to cry. He sat on a pile of snow and did not know what to do. All of a sudden, he heard some soft, jingling chimes. Andrés then saw the tiniest lights he had ever seen shining softly on a tree. Andrés walked toward them, and soon the tiny lights flew to another place. The lights kept sparkling and moving from one tree to another. Andrés became very excited. He forgot about his worries and the Baby Jesus. He was now laughing as he walked toward the tiny lights. For Andrés, this became like a game that was fun to play.

Suddenly, Andrés realized that he was no longer lost. He saw the lights of his house. Andrés ran faster than ever and opened the door. His mother greeted him with a kiss and hug. "Where were you? I was sick with worry!" Andrés replied, "I went looking for the Baby Jesus to let him know that it was his birthday, but I couldn't find Him. He is really lost." His mother touched his face in a very loving manner. She explained that the Baby Jesus had been found inside another box, along with the guardian angels. "Come and see for yourself. I laid Him in his crib." Andres went running and there, before his very eyes, was the Baby Jesus fast asleep. Andrés looked down on Him and smiled. "I'm glad you were found. You almost missed your birthday party." Just then, there was a knock on the door. Andrés and his mother went to answer and saw that all their relatives had come to visit. They brought much laughter, good wishes, and many of their family's favorite foods and desserts. Later, they all prayed the rosary and sang Las Mañanitas, or Happy Birthday, to the Baby Jesus.

Much later, everybody went home. Andrés fell asleep in his bed. But in a short while, he woke up to the sounds of soft, jingling chimes. He got out of bed and looked out the window. He saw two beautiful angels. They were surrounded by thousands of tiny lights. Andrés waved good-bye and with this, the angels flew away.

The next day, Andres's mother noticed that two of the angels which she had placed in the manger were missing. Andrés just smiled and explained to his mother that the angels had permission to stay only for the party. "I saw them when they were going back to heaven. Maybe they will return next year and you can then take them out of the box again!" His mother took Andrés in her arms and thanked the Baby Jesus for giving her such a fine gift!

a llorar. Se sentó en una pila de nieve y no sabía que hacer. De repente, oyó unos sonidos suavecitos de campanas. Andrés entonces vio las lucecitas más pequeñas que había visto brillando en un árbol. Andrés caminó para ellas y presto, las lucecitas volaron para otro lugar. Las lucecitas siguieron brillando y moviéndose de un árbol a otro. Andrés se puso muy excitado. Olvidó sus penas y lo del Niño Jesús. Ahora se reía al mismo tiempo que caminaba hacia las lucecitas. Para Andrés, esto se presentó como un juego que era deleitable para jugar.

De repente, Andrés realizó que ya no estaba perdido. Vio las luces de su casa. Andrés corrió más de prisa y abrió la puerta. Su madre lo encontró con un beso y un abrazo. "¿Dónde estabas? ¡Yo tenía mucha pena!" Andrés le respondió, "Fui en busca del Niño Jesús para informarlo que era su cumpleaños pero no lo pude hallar. Verdaderamente está perdido." Su madre le tocó la cara de una manera muy amorosa. Le explicó que había hallado al Niño Jesús en otra caja con los ángeles de la guardia. "Ven y mira. Lo he puesto en su pesebre." Andrés se fue corriendo y allí, delante de él, estaba el Niño Jesús bien dormido. Andrés lo miró y le dio una sonrisa. "Me da gusto que te hallaron. Casi faltaste a tu festejo de cumpleaños." Entonces, se oyó un toque en la puerta. Andrés y su madre fueron a ver quién era y vieron que todos sus parientes habían venido a pasearse. Trajeron mucha risa, buenos deseos, y muchas de las comidas y postres favoritos de sus familias. Después, todos rezaron el rosario y cantaron "Las Mañanitas" al Niño Jesús.

Mucho después, todos se fueron a sus casas. Andrés se durmió en su cama. Pero después de poco tiempo, se despertó al oír sonidos de campanas. Se levantó de la cama y miró para afuera de la ventana. Vio dos ángeles muy bellos. Estaban rodeados por miles de lucecitas. Andrés se despidió de ellos y con esto, los ángeles volaron y se fueron.

Al siguiente día, la madre de Andrés notó que dos de los ángeles que había puesto en el pesebre ya no estaban. Andrés nomás se rió y le explicó a su madre que los ángeles tenían permiso solamente para quedarse para el festejo. "Los vi cuando regresaban para el cielo. ¡Posiblemente, ellos regresarán el año siguiente y usted podrá sacarlos de la caja otra vez!" ¡Su madre tomó a Andrés en sus brazos y le dio gracias al Niño Jesús por haberle dado un regalo tan bueno!

The Wounded Deer

*M*any years ago there was a family who was very poor. The entire family worked hard, but times were difficult and jobs were very scarce. The family had been rationing their food by eating only one meal a day, but things were going from bad to worse. The husband decided to go hunting, hoping that he could bring back some meat; enough to make it through the winter. The husband got himself ready and made sure that he didn't forget his rifle. His wife, not knowing how long her husband would be gone, packed for him the last cherry turnover she had made. The husband left and went walking through the deep and blowing snow. As he continued in the snow, it was getting harder and harder to see where he was going.

The man waited near a tree hoping the weather would clear. He decided to eat his cherry turnover. While he was eating it, he found a cherry pit. The man did not have the heart to throw it away. He thought that in the spring he could plant it. Someday they could have a cherry tree just like the preacher who had been kind enough to share some of his cherries with them. The man placed the pit in his pocket and waited. He saw something moving between the trees. It was a fairly large deer with huge antlers. The deer looked at the man with big, brown, and compassionate eyes. The deer wanted to run, but seemed tired and cold with no place to go. The deer just stood there looking at the man. For a few seconds, the man felt sorry for the poor deer, but soon changed his mind. The only thing the man could think about were his hungry wife and children.

The man began to load his rifle. At that moment, he realized that he had forgotten his bullets. "Oh, no! How stupid I am. I came all this way just to find out that I forgot the bullets! What am I going to do?" The poor man was so angry that he even hit himself with the rifle. He became a desperate man and was willing to try anything. He took the cherry pit from his pocket and placed it in the rifle chamber. The man fired his rifle and hit the deer on the forehead. It scared the deer and made it take off running. The poor man shook with grief. All he could see were his family's hungry eyes.

On the way home, he prayed for a miracle. It was getting late, and when the man arrived home, he found food on the table. A wild turkey had wandered into their yard. The wife had thrown leftover crumbs in a straight line that eventually led the poor turkey inside the kitchen. It didn't take

El Venadito Herido

Hace muchos años, había una familia que era muy pobre. Toda la familia trabajaba muy duro pero los tiempos eran muy difíciles y no había mucho empleo. La familia había racionado la comida por modo de comer nomás una comida cada día, pero la situación se empeoraba. El esposo decidió ir a cazar con el deseo de traer un poco de carne; suficiente para pasar el invierno. El esposo se preparó y se aseguró de que no iba a olvidar su carabina. Su esposa, no sabiendo cuánto tiempo estaría ido su esposo, le preparó el último pastelillo de cereza que había hecho. El esposo se fue y caminó por la nieve que volaba mucho y que estaba muy honda. Conforme continuaba caminando por la nieve, se ponía más y más difícil ver por donde iba.

El hombre esperó cerca de un árbol con el deseo de que el tiempo se mejorara. Decidió comer su pastelillo de cereza. Mientras se lo comía, halló un hueso de cereza. El hombre no tuvo ningún deseo de tirarlo. Pensó que en la primavera, podría sembrarlo. Algún día podrían tener un árbol de cereza como el predicador que había sido tan cariñoso para compartir con sus cerezas con ellos. El hombre puso el hueso en su bolsillo y esperó. Vio algo moviéndose dentro de los árboles. Era un venado poco grande con cuernas enormes. El venado miró al hombre con ojos de color café, grandes, y con mucha compasión. El venado deseaba correr pero parecía estar cansado, con mucho frío, y sin rumbo. El venado nomás se quedó parado mirando al hombre. Por unos cuantos segundos, el hombre sintió compasión por el pobre venado pero presto, cambió de modo de pensar. La única cosa que le importaba al hombre era que su esposa y sus niños tenían hambre.

El hombre empezó a cargar su carabina. En ese momento, realizó que había olvidado sus balas. "¡Oh no! ¡Cómo soy tonto! ¡Vine toda esta distancia solamente para descubrir que olvidé mis balas! ¿Qué iré a hacer?" El hombre pobre estaba tan enojado que hasta se dio un golpe con la carabina. Estaba tan desesperado y estaba dispuesto a hacer la diligencia de cualquier cosa. Tomó el hueso de cereza de su bolsillo y lo puso en la carabina para disparar. El hombre disparó su carabina y le dio al venado en la frente. Esto espantó al venado y lo hizo correr. El hombre pobre tembló con duelo. Todo lo que podía ver eran los ojos hambrientos de su familia.

Al volver a casa, rezó por un milagro. Ya se hacía tarde y cuando el hombre llegó a casa, halló comida en la mesa. Un pavo silvestre había llegado a su

long before the poor turkey was being roasted in the hot oven. This was a day full of adventures with stories to be shared. The winter continued to be extremely difficult and it was only by the grace of God that the entire family survived.

Time passed by quickly, and the winter would soon be back. The poor man decided that this coming winter was going to be different. He decided to go hunting. This time he made sure that he would not forget his bullets. The poor man hitched his horse and wagon and traveled until finally he came across the same wooded area where he had shot the deer with the cherry pit. The poor man couldn't help but laugh until his belly ached.

The poor man waited with his loaded rifle. He began to hear the sound of footsteps and knew for sure that it was a large deer. The man moved closer, but all he could see were branches moving slowly from one side to the other. They were covering the deer's head. The poor man became very confused and decided to get closer. The deer was just standing there and had no intention of running away. He put his gun down and walked up to the deer. The poor man let out a scream! He could not believe his eyes! It was the same deer that he had shot with the cherry pit. The reason he knew was that the deer no longer had large antlers. Instead, the deer had grown large branches that were all covered with green leaves and ripe red cherries. The poor man was in shock and disbelief. The deer never moved. It just kept looking at the poor man. After what seemed an eternity, the poor man examined the branches and realized that they were rooted in the deer's head. At this point, the poor man thought he was crazy and wanted to run and not look back. He had never been so scared in his life. How was he going to explain this to his family.

He began to move away, but the deer kept following him as if in great pain. The poor man had never seen so many cherries. He began to pick some of the cherries. It seemed that the more he picked, the more appeared. This continued until the poor man's wagon was fully loaded with cherries. The poor man did not have the heart to leave the deer this way. He spoke to the deer: "I'm grateful to you for everything you have done, but the time has come to set you free."

He removed all the branches by breaking them as close to the roots as possible. The deer looked down toward the ground where the branches had fallen. At this moment, something magical happened. Little by little the roots of his new antlers began to appear. They began to grow and grow until they were great big antlers. The deer wore them proudly like a king with his crown upon his head. The deer and the poor man looked at each other for the last time and went their separate ways.

patio. La esposa había tirado migajas de pan en una línea derecha que al fin, había llevado al pavo para dentro de la cocina. No pasó mucho tiempo cuando al pobre pavo ya lo estaban cociendo en el horno que estaba muy caliente. Este era un día lleno de aventura con cuentos que serían compartidos. El invierno siguió con muchas dificultades y fue nomás por la gracia de Dios que toda la familia sobrevivió.

El tiempo pasó pronto y el invierno pronto regresaría. El hombre pobre decidió que este invierno que venía iba a ser diferente. Decidió ir a cazar. Esta vez, se aseguró de que no iba a olvidar sus balas. El hombre pobre ató el caballo y el carretón y viajó hasta que finalmente, llegó a un lugar con muchos árboles donde había fusilado al venado con el hueso de cereza. El hombre pobre no pudo hacer más que reirse hasta que le dolía el estómago.

El hombre pobre esperó con su carabina cargada. Empezó a oír los sonidos de pasos y supo por cierto que era el venado grande. El hombre se acercó pero todo lo que veía eran las ramas de los árboles moviéndose lentamente de un lado a otro. Las ramas cubrían la cabeza del venado. El hombre pobre se quedó muy confundido y decidió acercarse. El venado nomás estaba de pie y no tenía ninguna intención de huir. El hombre puso su carabina al lado y caminó hacia el venado. ¡El hombre pobre dio un grito! ¡No podía creer lo que veía! Era el mismo venado que había fusilado con el hueso de cereza. La razón de que sabía eso era porque el venado ya no tenía cuernas grandes. En su lugar, el venado había crecido ramas largas, las cuales estaban cubiertas con hojas verdes y cerezas rojas y maduras. El pobre hombre experimentó un espanto tremendo y no lo podía creer. El venado nunca se movió. Nomás siguió mirando al hombre pobre. Después de lo que pareció una eternidad, el hombre pobre examinó las ramas y realizó que habían hechado raíces en la cabeza del venado. En este momento, el hombre pobre pensó que estaba tonto y quería hecharse a correr y no mirar para atrás. Nunca había estado tan espantado en su vida. Cómo iría a explicar esto a su familia.

Empezó a alejarse pero el venado lo siguió como si experimentara un gran dolor. El hombre pobre nunca había visto tantas cerezas. Empezó a recoger algunas cerezas. Parecía que entre más recogía, más aparecían. Esto continuó hasta que el carretón del pobre hombre estaba bien cargado con cerezas. El hombre pobre no tuvo ningún deseo de dejar el venado de este modo. Le habló al venado: "Te agradezco por todo lo que has hecho, pero ha llegado el momento de librarte."

Quitó toda la rama por modo de quebrarlas tan cerca de las raíces como era posible. El venado miró para el piso donde habían caído las ramas. En este momento, algo mágico transcurrió. Poco a poco las raíces de sus cuernas

When the man arrived at his house, the entire family was waiting for him. When they saw what was in back of the wagon, everybody cheered with joy! The entire family no longer felt poor since they all had a wagon full of cherries! They all sat down and celebrated Thanksgiving Day before it was time.

nuevas empezaron a aparecerse. Empezaron a crecer y a crecer hasta que eran cuernas grandísimas. El venado las usó con orgullo como un rey con su corona sobre su cabeza. El venado y el hombre pobre se miraron por última vez y se fueron, cada uno por su propia.

Cuando el hombre llegó a su casa, toda la familia lo esperaba. Cuando ellos vieron lo que estaba detrás en el carretón, ¡todos gritaron con gusto! ¡Toda la familia ya no se sentía pobre porque ellos tenían un carretón lleno de cerezas! Se sentaron y celebraron el Día de Gracias antes de tiempo.

The Racing Horse

This cuento was related to me by an elderly lady from El Valle, by the name of Anna María Ortiz. She and her husband, Benito, had purchased a house from a very wealthy man named Don Gregorio Griego. Apparently, he must have been from around the area.

*D*on Gregorio Griego owned a beautiful horse with a reputation for running faster than most horses in the area. The horse was always very elegantly groomed with an Indian-woven blanket and a hand-carved saddle inlaid with silver and turquoise stones. Don Gregorio called his horse Corre Bajo.

Don Gregorio was a compulsive gambler who usually bet on horse races. He loved horses, landownership, money, and prestige. He was a businessman who owned a grocery store, a dance hall, and a bar. He considered his horse priceless and felt that with Corre Bajo he would make his final fortune. Don Gregorio had a hired man whose sole responsibility was the care of Corre Bajo.

It was on an Easter Sunday that Don Gregorio started advertising the largest horse race ever to take place in the county. Men from the area began to dream of beating Corre Bajo and making a fortune that could change their lives forever. The coming race was the talk of all the small communities of the area and even beyond the county.

The day everyone was waiting for finally arrived and the town was drastically changed forever. Doña Anna María Ortiz said hundreds of men, women, and children showed up for what they considered the most exciting event they had ever experienced. People had traveled by horse, buggy, wagon, and even on foot. Most of the people making the bets probably could not afford it easily. Some put up their land as collateral in order to place their bets on the race.

Soon, all the horses were lined up and the men waited for the firing of the gun that would signal the start of the race. Don Gregorio patted his horse gently and patiently waited. When on his horse, he always felt like a king perched on his throne.

Suddenly, the gun went off and the race was on! People cheered, men drank, babies cried, and countless arms went up in the air. After all, all their life's work was at stake and they would never recover should they sustain a

El caballo de carreras

Este cuento me fue contado por una viejita de El Valle llamada Ana María Ortiz. Ella y su esposo, Benito, habían comprado una casa de un hombre rico llamado don Gregorio Griego. Seguramente, él tendría que haber sido de las cercanías.

Don Gregorio Griego tenía un caballo muy hermoso con una reputación de poder correr más ligero que muchos de los caballos del área. El caballo siempre estaba almohazado de una manera muy elegante con una frazada hecha por indias y una silla de caballo entallada a mano con plata y piedras de turquesa. Don Gregorio llamaba a su caballo, Corre Bajo.

Don Gregorio era un gariterio incorregible que frequentemente apostaba en los caballos de carrera. Amaba a los caballos, el dinero, y el prestigio, y le gustaba poseer propiedad. Era un hombre de negocios que tenía una tienda de comestibles, un salón de baile, y una cantina. Consideraba a su caballo como demasiado precioso y sentía que con Corre Bajo, podría hacer su última fortuna. Don Gregorio tenía un empleado con la responsabilidad de solamente cuidar a Corre Bajo.

Fue en el Domingo de Pascua que don Gregorio empezó a publicar la carrera de caballos más grande que tomaría lugar en el condado. Los hombres del área empezaron a soñar de poder vencer a Corre Bajo y de hacer una fortuna que les cambiara sus vidas para siempre. La carrera que iba a tomar lugar era todo de lo que hablaba la gente de las comunidades pequeñas del area y hasta por todo el condado.

El día que todos esperaban llegó al fin y el pueblecito fue cambiado drásticamente para siempre. Doña Ana María Ortiz dijo que muchísimos hombres, mujeres, y niños llegaron para lo que ellos consideraban el evento más excitante que habían experimentado. La gente había viajado a caballo, en carretela, en carretones, y hasta a pie. Mucha de la gente hacía apuestas que probablemente ni podían soportar muy fácilmente. Algunos de ellos pusieron sus tierras como garantía para poder apostar en la carrera.

Pronto, todos los caballos estaban alineados y los hombres esperaban el disparo de la pistola que significaría el comienzo de la carrera. Don Gregorio tocaba a su caballo suavemente y, con mucha paciencia, esperaba. Cuando andaba montado en su caballo, siempre se sentía como rey sentado en su trono.

loss. Don Gregorio could be heard above the roar of the crowd as he yelled, "Corre Bajo! Tenemos que vencer!" ("Corre Bajo! We must triumph!")

After what seemed to be an eternity, the winning horse was seen above the cloud of dust fast approaching the finish line. The winner was announced! The musicians began playing their guitars, violins, and accordions. The cheers were louder than ever. Some people started arguing, even fighting; others sang and danced, while others broke out in tears. Great tracts of land exchanged hands within a matter of minutes!

Who won? None other than Corre Bajo! Once again, this famous horse and Don Gregorio Griego enjoyed the privileges of victory. Fame and fortune were theirs! Don Gregorio invited everyone to his place for a celebration. He rode his horse straight into his bar and into the dance hall. Corre Bajo, as if showing off, leaped up in the air and stood on his hind legs and even walked sideways. Don Gregorio took out his gun and fired it, hitting the huge, golden-framed mirror hanging in a corner of the dance hall. Surely, this was a great moment in El Valle's history.

The broken mirror was replaced in 1904. It was about seventeen years later that Doña Anna María Ortiz and her husband Benito were married and were able to purchase Don Gregorio Griego's business. One of the items that Doña Anna María coveted was the beautiful mirror which hung in the corner. At first, Don Gregorio hesitated at the sale of the mirror, knowing full well what memories it held for him. Yet Doña Ortiz kept making him different offers, which eventually he felt he couldn't refuse. Doña Ortiz ultimately paid him a fair price for the mirror and assured him that as long as she and her husband lived, they would treasure the mirror and would keep it hanging in the same place.

Doña Anna María and Benito kept their promise. The dance hall and bar were converted into a grocery store, which they ran for many years until the Great Depression. Doña Ortiz and her husband had to abandon their business. They converted the store to two bedrooms and a living room. The rooms are still as Doña Ortiz and her husband left them, with the mirror hanging in the same corner as that exciting day in El Valle when Corre Bajo made history!

De repente, ¡la pistola disparó y la carrera empezó! La gente gritaba, los hombres tomaban grandes cantidades de licor, los niños lloraban, y muchos brazos se levantaban hacia arriba. Pues al pensarlo, todo por lo que la gente había trabajado por toda su vida estaba en riesgo y ellos nunca se recuperarían si perdieran todo. Don Gregorio se podía oír sobre el bullicio del gentío cuando él gritaba, "¡Corre Bajo! ¡Tenemos que vencer!"

Después de lo que parecía una eternidad, el caballo vencedor se vio sobre una nube de polvo ligeramente llegando al final de la carrera. ¡El vencedor fue anunciado! Los músicos empezaron a tocar sus guitarras, violines, y acordeones. Los gritos eran hasta más clamorosos. Algunas gentes empezaron a argumentar, hasta pelear; otros cantaban y bailaban, y otros lloraban. ¡Terrenos de grandes cantidades habían cambiado de mano en unos cuantos minutos!

¿Quién ganó? ¡Ningún otro que Corre Bajo! Otra vez, este caballo famoso y don Gregorio Griego disfrutaron de los privilegios del triunfo. ¡La fama y la fortuna eran de ellos! Don Gregorio invitó a todos para su cantina para celebrar. Se paseó en su caballo directamente para dentro de la cantina y la sala de baile. Corre Bajo, como sintiéndose de mucha importancia, brincó hacia arriba y se paró de manos y hasta caminó de lado. Don Gregorio sacó su pistola y disparó, pegándole a un espejo grandísimo con un bastidor de oro que colgaba en al rincón de la sala de baile. Seguramente, esto sería unos de los momentos más grandes en la historia de El Valle.

El espejo quebrado fue reemplazado en 1904. Fue como diez y siete años después que doña Ana María Ortiz y su esposo Benito se casaron y pudieron comprar los negocios de don Gregorio Griego. Una de las cosas que doña Ana María quería poseer era el espejo hermoso que estaba colgado en el rincón. Al comienzo, don Gregorio titubeaba al vender el espejo, sabiendo muy bien cuantas memorias le tenía. Pero, doña Ortiz le seguía haciendo ofertas que, al final, no pudo rehusar. Doña Ortiz, por último, le pagó un precio favorable por el espejo y le aseguró de que durante el tiempo que ella y su esposo vivieran, guardarían el espejo como un tesoro y lo tendrían colgado en el mismo lugar.

Doña Ana María y Benito mantuvieron su promesa. La sala de baile y la cantina fueron convertidos en a una tienda de comestibles, la cual ellos operaron por muchos años hasta la Depresión. Doña Ortiz y su esposo tuvieron que abandonar sus negocios. Convirtieron la tienda de comestibles en dos recámaras y un cuarto de recibo. ¡Los cuartos quedaron como doña Ortiz y su esposo los dejaron, con el espejo colgado en el mismo rincón que el de ese día excitante en El Valle cuando Corre Bajo hizo hechos dignos de memoria!

Doña Anna María Ortiz cried loudly. Those were the good old days. The only things left were memories! Doña Ortiz looked at me and took my hand. She mentioned that her son was going to sell the contents of her house, including the mirror which still hung in the corner. I paid Doña Ortiz's son a visit and was able to purchase the mirror. When I told Doña Ortiz, she was overjoyed. She made me promise that I would hang the mirror in a special corner of my house as an everlasting memory of Don Gregorio Griego and the famous Corre Bajo. That promise I have faithfully kept to this very day!

Doña Ana María Ortiz lloró en voz alta. Esos eran tiempos buenos. ¡Todo lo que quedaba eran las memorias! Doña Ortiz me miró y me tomó la mano. Me dijo que su hijo iba a vender los contenidos de la casa, incluyendo el espejo que todavía estaba colgado en el rincón. Yo le pagué una visita al hijo de doña Ortiz y pude comprarle el espejo. Cuando se lo dije a doña Ortiz, se puso muy deleitada. Me hizo prometerle que colgaría el espejo en un rincón especial de mi casa como una memoria eterna de don Gregorio Griego y el famoso Corre Bajo. ¡Fielmente, he cumplido con esa promesa hasta el presente!

The Woodpecker

*O*nce upon a time, in a very far away land, there lived a very stingy woman. She was so scared that someone would ask her for something to eat that she decided to move far into the forest. There she lived alone for a few years.

One day, a beggar was walking down the dirt road. He could smell the wonderful aroma of good food. The beggar was very hungry and decided to knock on the woman's door. When she answered, he begged the lady to please give him something to eat. For just a few moments, the lady had a change of heart and invited the beggar into her house. She asked him to sit next to the fire and wait. She informed him that she could not give him some of the cake that had come out of the oven, but that she would bake him another.

The woman mixed some batter, poured it into a small pan and placed it in the oven. When the cake was finally ready, she took it out and to her surprise, it was much bigger than the last one she had baked. The beggar was so happy with his cake, but the woman became angry and told him that the cake was much too big and beautiful for a beggar. She could not give him that cake either. Not even a piece! The woman told the beggar to sit next to the fire again and she would bake him another cake. The poor beggar sat very quietly and waited.

The woman mixed a small amount of batter, poured it into a tiny pan, and placed it into the oven. They waited. When the cake was ready, the woman opened the oven door and screamed! The poor beggar jumped up and went to see what was happening. They both saw the largest cake they had ever seen. It was golden brown. It was extremely difficult to take out of the oven. It took all their strength and they huffed and puffed until it had been placed on the table. The cake continued to get bigger and bigger, and soon it was as big as the table. The poor beggar was so happy with his cake! But she could not give him such a fine cake; not even a piece! When the poor beggar got up from his chair, there was a bright light surrounding him. The poor beggar looked at the old woman and said, "I am the fairy who sits by the fire. I have come to you as a poor beggar. Please change your ways, old woman, or you will have to pay. I do not like selfish people like yourself!" The woman became very angry and told the poor beggar to get out of the house.

The poor beggar left and was never seen again. The woman was so happy

El picaposte

Una vez en un lugar muy lejano vivía una mujer muy miserable. Tenía tanto miedo de que alguien le pidiera algo para comer que decidió mudarse lejos para dentro del bosque. Allí vivió sola por unos cuantos años.

Un día, un mendigo caminaba por un camino de tierra. Él podía oler un dulcísimo aroma de comida tan buena. El mendigo tenía mucha hambre y decidió tocar la puerta de la casa de la mujer. Cuando ella respondió, le imploró a la señorita que por favor le diera algo para comer. Por unos momentos, la señorita cambió de modo de pensar e invitó al mendigo para dentro de su casa. Ella le suplicó que se sentara cerca del hogar y esperara. Le informó que no podría darle del pastel que había sacado del horno, pero que le cocería otro.

La mujer mezcló más maza, la vació en una tartera pequeña y la puso dentro del horno. Cuando el pastel al final estaba preparado, lo sacó y para su sorpresa, estaba más grande que el último que había cocido. El mendigo estaba muy contento con su pastel, pero la mujer se enojó y le dijo que el pastel era muy grande y hermoso para un mendigo. No le podría dar ese pastel tampoco. ¡Ni tan siquiera un pedazito! La mujer le dijo al mendigo que se sentara cerca del hogar otra vez y que ella le cocería otro pastel. El pobre mendigo se sentó quietamente y esperó.

La mujer mezcló una pequeña cantidad de masa, la vació en una tartera pequeña, y la puso dentro del horno. Ellos esperaron. Cuando el pastel estaba preparado, ¡la mujer abrió la puerta del horno y gritó! El pobre mendigo brincó de donde estaba y fue a ver que pasaba. Ellos dos vieron el pastel más grande que habían visto. Era de un color moreno y brillante. Era muy difícil sacarlo del horno. Tomó toda la fuerza que ellos tenían y dieron bufidos y soplidos hasta que se había colocado sobre la mesa. El pastel continuó engrandeciéndose más y más, y pronto, estaba tan grande como la mesa. ¡El pobre mendigo estaba tan contento con su pastel! Pero, ella no podría darle un pastel tan fino, ¡ni siquiera una pedazito! Cuando el pobre mendigo se levantó de su silla, había una luz muy brillante rodeándolo. El pobre mendigo miró a la vieja y dijo, "Yo soy el hada que se sienta cerca del hogar. Te he venido como un pobre mendigo. Por favor, cambia de tus modos, viejita, o tendrás que pagar. ¡A mí no me gusta la gente egoísta como tú!" La mujer se puso muy enojada y le dijo al pobre mendigo que se saliera de su casa.

El pobre mendigo se fue y jamás lo volvieron a ver. La mujer estaba tan

with all of her cakes. She was determined to eat them all by herself. She sat down and started to eat when something strange began to happen. She began to shrink and shrink. Her black dress was changing into black feathers. Her white apron changed into white feathers. Her mouth was changing into a beak and she no longer had hands. Her hair, which she always placed high on her head, was changing into a crest.

According to the townspeople, this woman was changed into a woodpecker because she was so stingy. It is also believed that this is why woodpeckers must go through life always pecking and pecking away and working hard for the food they eat!

contenta con todos sus pasteles. Estaba determinada comérselos todos sin ninguna ayuda. Se sentó y empezó a comer cuando algo muy extraño empezó a tomar lugar. Empezó a encogerse. Su vestido negro se transformaba en plumas negras. Su delantal blanco se transformaba en plumas blancas. Su boca se transformaba en un pico de ave y ya no tenía manos. Su pelo, el cual ella siempre usaba muy alto en su cabeza, se estaba transformando en una cresta de ave.

Según dice la gente del pueblecito, esta mujer se transformó en un picapostes a causa de que era tan miserable. ¡También se cree que esta es la razón de que los picapostes tienen que seguir su vida siempre picando y picando y trabajando duro por la comida que comen!

Inez del Campo

$\mathcal{M}$any years ago, there lived a beautiful young woman by the name of Inez del Campo. She had married an older man who was extremely wealthy. They lived in a huge estate with their two children. After a few years, her husband passed away. Inez del Campo took on a new role and began making trips to different places. The people would gather and rumors spread that she was in pursuit of another rich old man. The children were left behind with their *moza*, or maid. On many occasions, they were left alone. Inez was also seen drinking and dancing at the local saloon. Her reputation faded.

The ladies of the community were very vicious and vindictive toward her. Inez del Campo was the talk of the town, but she did not care and would only laugh. She believed that she was the envy of every woman for miles around. Inez was young, beautiful, well traveled, wealthy, independent, and could have any man that her heart desired. At the present time, she was interested in "old man Hilman," a man of great wealth. After all, that's how she liked them!

It was New Year's Eve and Inez del Campo took extra time in getting herself ready to attend the Governor's Ball. Her children watched her transform herself into a more elegant and beautiful lady. Her children knew that once again, they would be left alone. They were crying and pleading with her not to leave them. Inez scolded them and reminded them that they were old enough to take care of each other. Inez made sure that the children were in bed and then she left, unaware that it would be the last time she would see them!

Much later, the music and singing outside their house awoke the children. It was customary for the men to go from house to house serenading different people with their music and songs on New Year's Eve. Those they serenaded would invite the men in for something to eat and drink. Traditionally, this would bring an end to the old year and welcome in the new year.

The children listened to the beautiful music and singing for a short while and then told the men outside that they could not open the door because their mother had gone dancing and they were alone.

After the crowd left, the children were cold and hungry. They decided to start a fire in their fireplace by pouring kerosene on the logs. Unfortunately,

Inez del Campo

*H*ace muchos años, vivía una joven muy bella llamada Inez del Campo. Ella se había casado con un hombre más anciano que ella y que era muy rico. Vivían en un estado muy grande con sus dos hijos. Después de varios años, su esposo murió. Inez del Campo tomó un carácter nuevo y empezó a hacer viajes para lugares diferentes. La gente chismeaba mucho y extendió rumores de que ella andaba en busca de otro hombre anciano y rico. Los niños se quedaron con su moza. En muchas ocasiones, eran dejados solos. Se veía a Inez tomando y bailando en la cantina local. Su reputación se palidecía.

Las señoritas de la comunidad eran muy corrompidas y vengativas con ella. Toda la comunidad hablaba de Inez del Campo, pero a ella no le importaba y nomás se reía. Creía que todas las mujeres la envidiaban por todas partes. Inez era joven, bella, viajante por todas partes, rica, independiente, y podía conquistar a cualquier hombre que su corazón deseaba. Por el momento, estaba interesada en "el viejo Hilman," un hombre muy rico. ¡Por supuesto, así era como ella los quería!

Era la víspera del Año Nuevo e Inez del Campo tomó mucho más tiempo para prepararse para atender el baile del Gobernador. Sus niños la cuidaron transformarse en una señorita bella y muy elegante. Sus niños sabían que otra vez, quedarían solos. Estaban llorando y le rogaban que no los dejara solos. Inez los regañó y los acordó que ya eran de suficiente edad para cuidarse unos a otros. Inez se aseguró de que los niños estaban acostados en sus camas y entonces se fue, ¡sin saber que sería la última vez que los vería!

Mucho después, la música y las cantadas afuera de la casa despertaron a los niños. Era costumbre para los hombres de ir de casa en casa dando serenatas a diferente gente con su música y sus canciones en la víspera del Año Nuevo. Los que recibieron serenatas invitaban a los hombres para dentro de sus casas para comer y tomar algo para beber. Tradicionalmente, esto traía el fin del año viejo y daba la bienvenida al año nuevo.

Los niños escuchaban la música bella y las cantadas por un tiempecito y luego les dijeron a los hombres de afuera que no podían abrir la puerta porque su mamá se había ido a bailar y porque ellos estaban solos.

Después de que el gentío se fue, los niños tenían frío y hambre. Decidieron hacer un fuego en el hogar por modo de volcar querosina en los leños.

not only were the logs thoroughly soaked, but their own bodies as well. The moment the match was struck, the entire house and the children were engulfed in flames! One of the neighbors saw the blaze and heard the cries of the children. He went running to the saloon where a large crowd was celebrating the new year. There, he hoped to get help in putting out the fire and saving the children. All their efforts were in vain!

Much later, when Inez del Campo arrived home, the only thing she found was the smoldering fire. She hired men to clear the land. Two headstones were placed where the house had once stood. Many different trees were planted. Inez hired someone to always water and care for the trees, then moved away and never returned.

It was forty years later that a lady by the name of Lillian bought the land when it was auctioned by the county, since no will had been left nor had any taxes been paid on the estate. Stories had already begun to circulate about a beautiful mystery lady dressed in fine satin clothes who could, at times, be seen on the property. Always alone, she looked very sad and in mourning. She always brought bouquets of flowers to where the two headstones stood. Sometimes, people would say that tiny lights could be seen, always highlighting the tombstones. When the people would get closer, they would be unable to see anything.

No one really knows what happened, but according to legend, it is believed that someone from the community removed the headstones and hid them in a place where no one would ever know about them or be able to find them again. This way, Inez del Campo, also known as La Llorona, would pay for her sins in a more intense manner by eternally going through this world searching for her children and not being able to find them.

Desgraciadamente, no nomás se remojaron los leños, pero sus propios cuerpos también. ¡Al momento que el fósforo se encendió, toda la casa y los niños fueron envueltos en las llamas! Uno de los vecinos vio la llamarada y oyó los gritos de los niños. Fue corriendo para la cantina donde mucha gente celebraba la venida del Año Nuevo. Allí esperaba hallar auxilio para parar la lumbre y salvar a los niños. ¡Todos sus esfuerzos fueron en vano!

Mucho después, cuando Inez del Campo llegó a casa, todo lo que ella halló fue la lumbre ardiente. Empleó a unos hombres para limpiar las tierras. Dos piedras sepulcrales fueron puestas donde, en un tiempo, había estado situada la casa. Muchos árboles diferentes fueron sembrados. Inez empleó a alguien para que siempre regara y cuidara los árboles, y luego se fue para nunca volver.

Fue como cuarenta años después que una señorita llamada Lillian compró las tierras cuando fueron vendidas en venta pública por el condado, porque no quedó testamento ni se habían pagado los impuestos del estado. Ya empezaron a circular cuentos tocante una señorita bella y misteriosa vestida de ropa de seda fina que, a veces, se podía ver en la propiedad. Siempre sola, se veía muy triste y de luto. Siempre traía un ramillete de flores para donde estaban las piedras sepulcrales. Decía la gente que a veces se podían ver unas lucecitas, siempre alumbrando las piedras sepulcrales. Cuando la gente se acercaba, no podía ver nada.

Nadie, en realidad, sabe qué transcurrió, pero tocante la leyenda, se cree que alguien de la comunidad sacó las piedras sepulcrales y las escondió en un lugar donde nadie pudiera saber de ellas o pudiera hallarlas otra vez. Así, Inez del Campo, también conocida como La Llorona, podría pagar por sus pecados de una manera más profunda por modo de pasar eternamente por este mundo en busca de sus niños sin poder hallarlos.

The Weeping Woman

Doña Sofía is an eighty-year-old woman whom I met at one of my storytelling performances. She was fascinated with the fact that I worked as a storyteller. This story about La Llorona, which I am about to relate, came about from one of our visits. This story tells of an encounter Doña Sofía had with La Llorona when she was a young child.

It was summertime and Doña Sofía's father had come back from Wyoming, where he worked as a sheepherder. He had saved money in order to fix up the old house where his family lived. The roof was in poor condition, and through the years, the rain, snow, and neglect had damaged the walls, ceiling, and floors. After the roof was fixed, the walls were plastered once again with mud and straw to reinforce the old adobe house. The flooring in one of the bedrooms was deteriorating and Doña Sofía's father decided to pour a cement floor.

When the work was finally completed, Doña Sofía's mother prepared supper and everybody ate outside. It was early in the evening and the entire family gathered around while Doña Sofía's father played the violin. It was customary for the neighbors to get together in the evening after long hours of hard work. The men would play horseshoes and the ladies would talk, laugh, and catch up on the gossip. The younger children would catch *toritos* (beetles) and butterflies. The older ones would jump from one side of the ditch to the other. Whoever fell into the ditch and got wet was the loser and the punishment was to go alone to Lillian's Orchard, an old vacant lot, and steal some purple plums and apples for all the children. It was considered a scary place.

Lillian's Orchard was deathly quiet, old, and dark. The birds never seemed to sing and the small creatures there were well hidden. Many of the trees were ugly looking, twisted, and took the form of threatening faces. This place gave everybody the creeps because so many horrible stories were told about it. In order to get there, one had to cross over a narrow and squeaky bridge that would swing back and forth. Doña Sofía told me that every so often at Lillian's Orchard, an old lady in a beautiful satin dress would try to snatch the children. Because she was so old and almost blind, everybody could outrun her. It would be safe to say that the entire community believed that it was La Llorona. All the children who had seen and heard her

La Llorona

Doña Sofía es una mujer de ochenta años de edad a quien encontré en una de mis ejecuciones como cuentista. Ella estaba fascinada con el hecho de que yo trabajaba como cuentista. Este cuento de La Llorona que ahora les relataré me llegó de una de las visitas que le hice. Este cuento nos dice de un encuentro que doña Sofía tuvo con La Llorona cuando ella era jovencita.

Era tiempo de verano y el padre de doña Sofía había regresado de Wyoming, donde trabajaba como borreguero. Había ahorrado dinero con la intención de reparar la casita vieja donde vivía su familia. El techado estaba en una condición muy pobre y durante los años, la lluvia, la nieve y el descuido habían dañado las paredes, el techo, y los pisos. Después de que el techado se había arreglado, las paredes otra vez se enyesaron con lodo y paja para reforzar la casita viejita de adobe. El piso en una de las recámaras se estaba desmejorando y el padre de doña Sofía decidió echarle cemento al piso.

Cuando la obra al fin se completó, la madre de doña Sofía preparó la cena y todos comieron afuera. Era muy temprano en la tarde y toda la familia se juntó al mismo tiempo que el padre de doña Sofía tocaba el violín. Era costumbre para los vecinos que se juntaran en la tarde después de muchas horas de trabajo duro. Los hombres jugaban el juego con las herraduras de caballo y las mujeres hablaban, se reían, y compartían chismes. Los jóvenes pescaban "toritos," o insectos, y mariposas. Los otros niños de más edad brincaban de un lado de la acequia al otro. El que caera para dentro de la acequia y se mojaba, era el que perdía y el castigo sería ir solo para la huerta de Lillian, que era un solar vacante, y robar algunas ciruelas de color purpúreo y unas manzanas para todos los niños. Se consideraba como un lugar muy espantoso.

La huerta de Lillian era silenciosa como la muerte, fría, y obscura. Los pajaritos nunca parecían cantar allí y las criaturitas allí estaban bien ocultas. Muchos de los árboles se miraban feos, torcidos, y tomaban la forma de caras amenazantes. Este lugar les daba a todos unos sustos porque muchos cuentos horribles se relataban tocante a el. Para llegar allí, uno tenía que cruzar por una puentecita angostita que hacía ruidos y que se columpiaba de un lado a otro. Doña Sofía me dijo que muchas veces en la huerta de Lillian, una viejita trajeada con un vestido hermoso de seda hacía el esfuerzo

would come back running and crying louder than La Llorona herself. They all vowed obedience from that point on. This was the main reason why all the children stayed close to home and tried hard not to play the ditch game or fall in the water.

On this particular evening, everybody was having a wonderful time at Doña Sofía's house. Since they were not able to sleep on the freshly poured cement bedroom floor, mattresses were placed on the living room floor. The night was beautiful. The windows and doors were left open except for the screens on the windows and the screen door. The entire family could hear the crickets and the sound of the water from the ditch not far from the house. Finally, everybody fell asleep.

Doña Sofía remembers waking up and hearing someone crying. In a hurry she woke her parents. It was not long before the entire family was awake and listening. Doña Sofía's parents thought that maybe it was Tita, one of their neighbors. Her husband would drink moonshine, go crazy, come home, and beat up his wife. They all went outside but everything seemed peaceful around the neighborhood. Shortly afterward, one by one, all the neighbors started coming out of their houses. They also wondered who was crying and why.

At this point, Doña Sofía took my hand and held it tightly while she continued her story. She described the shrieking cries as very painful and heartbreaking. The whines would penetrate right through the heart and soul of any human. In fact, it was enough to make one's hair stand up and for one to get goose bumps. According to Doña Sofía, it was not long before they all saw a figure running down the main dirt road. It called out, "Don't be afraid, I'm your local priest, Salomón Roybal." He was very scared and out of breath. He was letting everybody know that a demon in the form of La Llorona was roaming the streets looking for her lost children. Within a few moments, everybody could hear the weeping woman saying, "My children, My children! Where, oh where, are my children?" Everything was happening very quickly.

It was not long before the weeping woman was passing all the people who stood on the side of the road. She seemed to move at a very rapid pace as though she were floating. La Llorona was taking her time looking at all the bystanders, especially the young children. Her head and body would swing from side to side. For just a brief moment, La Llorona stopped and tried to snatch Doña Sofía's baby sister, but for some unknown reasons, she quickly changed her mind. La Llorona's face began to turn green and was glowing with a horrible, unearthly, transparent light. This was enough to send women and children and many men running inside their houses to lock their doors. The best weapon at their disposal was the power of praying.

de arrebatar a los niños. Porque era tan vieja y casi ciega, todos podían correr más rápido que ella. Se puede decir que toda la comunidad creía que era La Llorona. Todos los niños que habían oídola y vístola, regresaban corriendo y llorando con más ganas que La Llorona misma. Todos juraban obedecer desde entonces. Esta fue la razón principal de que todos los niños se acercaban a sus casas y hacían el esfuerzo de no jugar el juego en la acequia o caerse dentro del agua.

En esta tarde particular, todos disfrutaban de un tiempo maravilloso en la casa de doña Sofía. Como no podían dormir en la recámara porque acababan de echarle cemento al piso, pusieron sus colchones en la sala. La noche era bonita. Dejaron abiertas las puertas y las ventanas con la excepción de las ventanas y la puerta de la tela metálica. Toda la familia podía oír los grillos y el sonido del agua de la acequia cerca de la casa. Por fin, todos se durmieron.

Doña Sofía recuerda que se despertó y escuchó a alguien llorando. De prisa despertó a sus padres. No pasó mucho tiempo cuando toda la familia estaba despierta y escuchando. Los padres de doña Sofía pensaron que tal vez era Tita, una de sus vecinas. Su esposo bebía licores destilados ilegalmente, se volvía loco, y regresaba a casa y golpeaba a su esposa. Todos salieron para afuera pero todo parecía tranquilo en la vecindad. Poquito después, uno por uno, todos los vecinos empezaron a salir de sus casas. Ellos también maravillaban en quién lloraba y por qué.

En este momento, doña Sofía me tomó la mano firmemente al mismo tiempo que continuó su cuento. Describió los chillidos como con mucho dolor y con manera de romper el corazón. Los quejidos podrían penetrar por el corazón y alma de cualquier humano. Por cierto, era suficiente para enchinarle el pelo a uno y darse granitos en la piel. Según doña Sofía, no tardó mucho antes de que todos vieron una figura corriendo por el camino principal de tierra. La figura decía, "No tengan miedo, soy su sacerdote local, Salomón Roybal." Él tenía mucho miedo y ni podía respirar. Estaba informando a todos que un demonio en forma de La Llorona estaba vagando por las calles en busca de sus niños que estaban perdidos. Dentro de unos cuantos momentos, todos podían oír a la mujer que lloraba diciendo, "¡Mis hijos! ¡Mis hijos! ¿Dónde, pero dónde, están todos mis hijos?" Todo pasaba rápidamente.

No pasó mucho tiempo cuando la mujer llorona pasaba por toda la gente que estaba al lado del camino. Parecía moverse con rapidez como si estuviera flotando. La Llorona tomaba su tiempo mirando a todos los mirones, especialmente a los jovencitos. Su cabeza y cuerpo se columpiaban de lado a lado. Por un momento breve, La Llorona se paró e hizo el esfuerzo de arrebatar a la hermanita de doña Sofía, pero por algunas razones que no se

A few brave men and the local priest followed the weeping woman until she arrived at Lillian's Orchard. La Llorona made a large circle and started a huge bonfire without wood or matches. The fierce fire made loud, crackling sounds and threw sparks high and low. La Llorona floated into the center of the flames and was soon on fire. She was shrieking, moaning, and groaning. Finally, she let out piercing cries that carried into the night. The priest, not knowing what else to do, knelt and began praying. He clasped his rosary, pointing it toward La Llorona, and made the sign of the Holy Cross. "Let this Holy Cross help lead this weeping woman into finding eternal peace," he said as he closed his eyes. La Llorona, once again, let out a dreadful scream and her echoes made the people tremble. Jets of fire spurted out of her body, along with her blood. La Llorona's face was changing colors and she fell to the ground. La Llorona held her throat and made horrid, choking sounds as she began to shrink in size. Her satin dress became a bundle of rags and she withered until she lay lifeless on the ground. She took the shape of the trunk of an old wrinkled apple tree. Hours later, the priest and the men went home drained, weary, and tired. Maybe someday they would relate the story, but for now they just wanted to sleep and forget.

Doña Sofía ended her story with sadness as she wiped the tears from her eyes. Perhaps in death, La Llorona might have ended her eternal search for her children and be united with them forever!

saben, ella pronto cambió de modo de pensar. La cara de La Llorona empezó a hacerse verde y brillaba con una luz horrible, como transparente y no de este mundo. Esto fue suficiente para despachar a mujeres, niños, y muchos hombres para sus casas para encerrarse. El mejor arma que tenían era el poder del rezo.

Unos cuantos hombres valientes y el sacerdote de allí siguieron a la mujer llorona hasta que ella llegó a la huerta de Lillian. La Llorona hizo un círculo grande e hizo una hoguera grandísima sin leña ni fósforos. La hoguera hizo ruidos clamorosos y sonidos de estallidos, y arrojó chispas altas y bajas. La Llorona estaba flotando en el centro de la lumbre y presto, ya estaba ardiendo. Estaba chillando, quejándose, y suspirando. Finalmente, pegó con unos gritos que penetraban la noche. El sacerdote, no sabiendo qué otra cosa hacer, se arrodilló y empezó a rezar. Tomó su rosario, lo apuntó hacia La Llorona e hizo la señal de la Santa Cruz. "Dejen que esta Santa Cruz ayude a llevar a esta mujer llorona a su eterno descanso," dijo al mismo tiempo que cerró sus ojos. La Llorona, otra vez más, saltó con un grito horroroso y sus ecos hicieron temblar a la gente. Chorros de lumbre brotaron de su cuerpo, como también su sangre. La cara de La Llorona estaba cambiando de color y cayó al suelo. La Llorona detuvo su garganta e hizo unos ruidos horribles y sofocantes al mismo tiempo que empezó a encogerse. Su vestido de seda se hizo como un envoltorio de trapos y ella se marchitó hasta que cayó al suelo sin vida aparente. Tomó la figura de un tronco de un árbol de manzana con muchas arrugas. Muchas horas después, el sacerdote y los hombres regresaron a casa muy cansados y fatigados. Posiblemente, algún día, relatarían el cuento, pero por el presente solamente querían dormir y olvidar.

Doña Sofía terminó su cuento con tristeza al mismo tiempo que limpió las lágrimas que brotaban de sus ojos. ¡Pueda que al morir, La Llorona pudo haber terminado su búsqueda eterna por sus niños y unirse con ellos para siempre!

The Priest's Cave

As a traditional storyteller, I have to confess that winter has never been my favorite time of the year. During wintertime, only the holidays provide me with some relief and joy. Maybe it's the turkey and all the trimmings for Thanksgiving, and all the beautiful lights, presents, and preparations for Christmas and the New Year.

I remember one winter in particular. Two of my friends and I bundled up and took a very long walk. We went to the top of a mountain that was close to our school. The winter would soon come to end. The sun was shining and causing the snow to melt a little at a time. The sun made the snow sparkle, glitter, and show off its different colors. It looked like an earthly blanket, which was trying to cover and protect our unique little community. It looked so peaceful, pure, and beautiful. We felt as though we were on top of the world.

We talked for a few hours. Mostly girl talk and about life in general. Finally, it was time to go home. We rolled and laughed all the way down the steep mountain. When we reached the bottom, we walked across a large field. We made angels on the snow. We looked at the sky and the sun, and wondered how life would treat us in the future. On our way back, we stopped to visit the cemetery where we grew engrossed in reading the inscriptions on the headstones. Many graves must have been over a hundred years old! Some didn't even have the headstones anymore. We wondered how these people had died. One thing led to another and we encouraged each other to share a story about someone who had died. My friend offered to go first. She was the serious one who cried and scared easily.

The story began many years ago with a priest who enjoyed mountain climbing. One day, he found an opening that led into a small cave between some large rocks. He spent many weeks and months digging and clearing the cave. He hoped that maybe he could use it to make a small chapel for praying. In a small town, news spreads like fire, and so everybody called it "la cuevita del padre" (the priest's cave). Soon, the priest felt elated at having finished his task. He asked a few men from the parish to help him carry a crucifix, a couple of statues, candle holders, and a small kneeling bench into the cave.

The priest went into this cave every chance he got. It had become his special praying place. This went on for a few years. On one of his visits, the

La cuevita del padre

Como una cuentista tradicional, tengo que confesar que el invierno nunca ha sido mi tiempo favorito del año. Durante el invierno, solamente los días de fiesta me proveen con un poco de alivio y alegría. Posiblemente, será el pavo con todas las demás comidas y las luces maravillosas, los regalos, y las preparaciones para la Navidad y el Año Nuevo.

Me acuerdo de un invierno en particular. Dos de mis amigas y yo nos arropamos y tomamos un paseo de larga distancia. Nos fuimos para la cima de una montaña que estaba situada cerca de nuestra escuela. El invierno pronto se acabaría. El sol brillaba y causaba que la nieve se derritiera poco a poquito. El sol hacía la nieve brillar, resplandecer, y demonstrar sus colores variados. Parecía una frazada mundana que hacía el esfuerzo de cubrirnos y proteger nuestro pueblecito que no era como ningún otro. Parecía tan tranquilo, puro, y bello. Nos sentíamos como que estábamos en el lugar más alto del mundo.

Conversamos por unas cuantas horas. La mayor parte de la conversación fue de tópicos de interés solamente a niñas y generalmente, tocante la vida. Al fin, era tiempo de regresar a casa. Nos rodamos y reímos hasta el pie de la montaña que era tan alta. Cuando llegamos al pie de la montaña, caminamos por un llano de larga distancia. Hicimos ángeles en la nieve. Miramos hacia el cielo y el sol y maravillábamos en cómo nos trataría la vida a nosotras en el futuro. Cuando regresábamos, paramos para hacer una visita al cementerio donde nos absorbamos en el acto de leer las inscripciones en las tumbas. ¡Muchas de las sepulturas tendrían que tener más de cien años de edad! Algunas ya ni tenían tumbas. Maravillamos en cómo habría muerto esta gente. De unas a otras nos animamos a compartir un cuento de alguien que había muerto. Mi amiga se ofreció a ser la primera. Ella era la seria que lloraba y se espantaba fácilmente.

El cuento empezó hace muchos años con un sacerdote que le gustaba ir a subir montañas. Un día, halló una abertura que seguía para dentro de una cuevita situada entre unas rocas grandes. Se estuvo muchas semanas y meses escarbando y limpiando la cueva. Esperaba que posiblemente podría usarla para construir una capillita para rezar. En un pueblecito, las noticias se destienden rápidamente, de modo que todos la llamaban "la cuevita del padre." Pronto, el padre se sintió muy deleitado por haber acabado su tarea. Les suplicó a unos hombres de la parroquia que le ayudaran a llevar un

priest did not return to his parish. He had been missing for several days before the people went looking for him. Having difficulty locating him, they remembered about the cave. They climbed the mountain and found that it had caved in. After many days of clearing the cave, they found the body of the priest.

The priest had stated in his last will that upon his death, he wanted his body to be laid to rest in the cave. Permission was granted, and so the story goes that the body of the local priest was placed inside the cave, where it supposedly remains today. People from the village would say that often they could see many small candle lights flickering close to the priest's special praying cave. According to this legend, the only time that these lights can be seen is during Easter.

Another story was just about to begin when, all of a sudden, we heard the loudest voice. It was very low and gruff. We didn't even bother to look; we just screamed, yelled, and ran as fast as we could. Later, when we stopped our shaking, we wondered who had scared us so badly. Our friend who was telling the story informed us that the deep voice had said, "Move!"

We told our sisters what had happened. Of course, they did not believe us. We dared each other, and soon our sisters joined us in going back to the cemetery. All the girls were just standing around when we heard the sounds of someone chewing. Behind some trees, we saw the largest cow looking at us with the biggest brown eyes. Only then did we realize that the cow had said "moo," and not "move!" It is amazing how the mind can play tricks on a person. We laughed and joked all the way home.

crucifijo, unos dos estatuas, unos candeleros, y un banquito para hincarse de rodillas para el interior de la cueva.

El sacerdote iba para esta cueva cada oportunidad que tenía. Se había establecido como su lugar especial para rezar. Esto continuó por unos cuantos años. En una de sus visitas, el sacerdote no regresó para su parroquia. Había faltado por varios días antes de que la gente lo fue a buscar. Siendo que tenían mucha dificultad hallándolo, se acordaron de la cueva. Subieron a la cima de la montaña y hallaron que se había hundido. Después de muchos días limpiando la cueva, hallaron el cuerpo del sacerdote.

El sacerdote había certificado en su testamento que al morir, quería que su cuerpo fuera puesto a su descanso final en la cueva. Permiso para esto fue dado y según el cuento, el cuerpo del sacerdote fue puesto dentro de la cueva donde dicen que todavía está hoy mismo. La gente del pueblecito decía que muchas veces se podían ver muchas velitas dando luz cerca de la cuevita donde rezaba el sacerdote. Según dice la leyenda, el único tiempo que se pueden ver estas luces es durante la Pascua.

Otro cuento iba a empezar cuando de repente, oímos una voz muy fuerte. Era muy baja y tosca. Ni hicimos la diligencia de mirar; nomás gritamos, dimos alaridos, y corrimos tan rápido como pudimos. Después, cuando terminamos de temblar, maravillamos en quién nos habría espantado tan malamente. Nuestra amiga que nos contaba el cuento nos dijo que la voz baja nos había dicho, "¡Move!" ("¡Aléjense!")

Les relatamos a nuestras hermanas lo que había ocurrido. Pero, por cierto, ellas no nos creyeron. Nos desafiamos unas a otras, y pronto nuestras hermanas se unieron con nosotras en regresar para el cementerio. Todas las muchachas estaban nomás paradas allí cuando oímos ruidos como los de alguien mascando. Detrás de unos árboles, vimos la vaca más grande que habíamos visto mirándonos con unos ojos grandes de color café. Entonces fue cuando realizamos que la vaca había dicho "¡Moo!" y no "¡Move!" Es tan asombroso como la mente puede engañar a uno. Nos reímos y chanceamos todo el camino para la casa.

The Magic Stones

$\mathcal{A}$ long time ago in a town called La Otra Banda, or "Other Side of the Valley," there lived a young and handsome man by the name of Ramón Ramírez. He had a reputation for being a fine horseman. His family was very wealthy. When his parents passed away, Ramón was the sole heir of the estate. Ramón was very kind to all the poor from the area. He was generous to a fault, and in a few years he too was a poor man.

In the surrounding area, there was a young lady named Flor Trujillo. Flor and Ramón were very much in love and wanted to get married. Flor came from a family that was not only very wealthy, but extremely political and influential. They owned most of the land and cattle in the area. Her parents would not allow Flor to marry Ramón because he was considered a poor and foolish man who had squandered all his riches. Flor's parents could not see their daughter living in a poor man's world. According to Flor's parents, the only way Ramón could marry their daughter was by becoming a wealthy man again. Ramón knew that this was impossible. It would take a miracle! All Ramón owned was an old house that was ready to fall and his white stallion horse called Bulto.

Flor's parents decided not to waste any more time on Ramón. An older but wealthy man from Santa Rosa had asked for Flor's hand in marriage, and Flor's parents had granted their permission. The wedding date was only two days away. Ramón decided to pay Flor's parents a visit to attempt to convince them that he was the man for their daughter.

It was dark and Ramón was riding toward La Otra Banda. He suddenly heard a loud voice shout, "Halt! Get off your horse and pick up some stones. Put them in your pocket. Soon you will be sad but glad." Ramón felt so stupid. He kept looking around wondering who could be talking to him. He finally sifted through the ground until he found a couple of small stones and he put them in his pocket. He got back on his horse and rode on.

After having ridden for about four miles, Ramón heard the same voice with the same command. Once again he obeyed, not knowing why. "Halt! Get off your horse! Pick up some stones! Put them in your pocket. Soon you will be sad but glad!" Again, Ramón felt stupid and kept looking around still trying to figure out who was talking to him. Again, Ramón sifted through the ground and found many stones and put them in his pockets. He remounted his horse and rode on.

Las piedras encantadas

Hace mucho tiempo en un pueblecito llamado La Otra Banda, vivía un joven muy guapo llamado Ramón Ramírez. Tenía una reputación por ser un caballero muy diestro. Su familia era muy rica. Cuando sus padres pasaron a mejor vida, Ramón fue el único heredero del estado. Ramón era muy bondadoso con todos los pobres de las cercanías. Era bondadoso hasta para su desventaja, y en unos cuantos años, él también quedó pobre.

En las cercanías, había una joven llamada Flor Trujillo. Flor y Ramón estaban muy enamorados y deseaban casarse. Flor venía de una familia que no nomás era muy rica, sino muy política y con mucho influjo. Poseían muchas de las tierras y ganados del área. Sus padres no le permitían a Flor que se casara con Ramón porque él era considerado como un hombre pobre y sin juicio que había malgastado todas sus riquezas. Los padres de Flor no podían aceptar que su hija viviera en el mundo de un pobre. Según pensaban los padres de Flor, el único modo de que Ramón pudiera casarse con su hija era si él se hiciera rico otra vez. Ramón sabía que esto era imposible. ¡Tendría que ocurrir un milagro! Todo lo que Ramón poseía era una casita vieja que estaba dispuesta a caerse y su caballo blanco y garañón llamado Bulto.

Los padres de Flor decidieron no perder más tiempo pensando en Ramón. Un hombre anciano pero rico de Santa Rosa había pedido la oportunidad de casarse con Flor, y los padres de Flor habían consentido. Ya faltaban nomás dos días para el casorio. Ramón decidió pagar una visita a los padres de Flor para hacer la diligencia de convencerlos de que él era el hombre destinado para su hija.

Ya era de noche y Ramón iba a caballo para La Otra Banda. De repente, oyó una voz alta que gritaba, "¡Alto! ¡Desmonte su caballo! ¡Recoja unas piedras! Póngalas en su bolsa. ¡Pronto usted estará triste pero contento!" Ramón se sentía muy tonto. Seguía mirando alrededor maravillando en quién podría estar hablando con él. Al fín, Ramón cirnió la tierra con sus manos hasta que halló dos piedritas y las puso en su bolsa. Montó su caballo y se fue.

Después de haber ido a caballo por unas cuatro millas, Ramón oyó la misma voz con el mismo mensaje. Otra vez, obedeció ni sabiendo por qué. "¡Alto! ¡Desmonte su caballo! ¡Recoja unas piedras! Póngalas en su bolsa. ¡Pronto usted estará triste pero contento!" Otra vez, Ramón se sentía muy tonto y siguió mirando alrededor todavía haciendo la diligencia de saber

Many miles later, Ramón heard the same voice with the same message. This time he picked up stones until his pockets were bulging, as were the inside of his jacket and shirt. By this time he thought it was funny and kept laughing to himself for being so stupid.

As Ramón approached Flor's home, the path became steep and dangerous. The stones in his pockets began to pinch and rub his legs. This was causing him great pain and his skin felt raw. Ramón began to take many of the stones from his pocket and threw them away. When Ramón arrived at Flor's house, he had forgotten all about the stones.

Flor was outside the house. She came running to greet him, threw her arms around him, and began to kiss him. Together, they went inside the house and told her parents of their decision to marry even without their approval. Flor's father became very angry and started shouting, demanding to know how Ramón was going to support their daughter in his state of poverty.

Ramón also lost his temper and shouted back, "I will support your daughter with all the stones that I own!" Ramón was just trying to be funny and sarcastic. Without thinking, he emptied his pockets and placed all the stones on top of the table. All of a sudden, a miracle took place! The stones began to change. They were transformed into beautiful diamonds, gold nuggets, rubies. emeralds, and pearls. They all gasped in unison. Everyone was wide eyed and could not believe what they had just witnessed!

At that moment Ramón was both sad and glad. He was sad that he had thrown away so many of the stones, but he was glad that he at least had kept enough to make his future in-laws change their minds! Flor's parents were now very happy and gave them their blessing. Ramón took Flor in his arms and kissed her. Since the wedding preparations were already in progress, Ramón and Flor were married almost immediately. They became very rich and lived happily ever after!

quién le hablaba. Otra vez, Ramón cirnió la tierra y halló muchas piedras y las puso en su bolsa. Volvió a montar su caballo y siguió su camino.

Muchas millas después, Ramón oyó la misma voz y otra vez obedeció. Esta vez, recogió piedras hasta que sus bolsas ya estaban llenas, como ya también estaban llenos los forros de su chaqueta y su camisa. Ya pensaba que era chistoso y siguió riéndose por haber sido tan tonto.

Cuando Ramón se acercaba a la casa de Flor, la vereda se puso alta y peligrosa. Las piedras en sus bolsas empezaron a pellizcar y fregar sus piernas. Esto le causaba un dolor enorme y su piel se sentía desollada. Ramón empezó a sacar muchas de las piedras de su bolsa y tirarlas. Cuando Ramón llegó a casa de Flor, había olvidado todo tocante las piedras.

Flor estaba afuera de la casa. Ella vino corriendo para encontrarlo, lo abrazó, y empezó a besarlo. Juntos, entraron a la casa y le dijeron a sus padres de su decisión de casarse hasta sin su aprobación. El padre de Flor se encorajinó y empezó a gritar, suplicando saber cómo Ramón iba a mantener a su hija considerando el estado de pobreza en que se encontraba.

Ramón también se enojó y le gritó, "¡Yo mantendré a su hija con todas las piedras que poseo!" Ramón solamente hacía la diligencia de ser chistoso y sarcástico. Sin pensar, vació sus bolsas y puso todas las piedras sobre la mesa. ¡De repente, un milagro transcurrió! Las piedras empezaron a cambiarse. Fueron transformadas en diamantes de gran hermosura, pepitas de oro, rubís, esmeraldas, y perlas. Todos suspiraron al mismo tiempo. ¡Todos estaban con los ojos abiertos anchamente y no podían creer lo que habían visto!

En ese momento, Ramón estaba triste y también contento. ¡Estaba triste porque había tirado tantas de las piedras, pero estaba contento porque tan siquiera habia retenido suficientes para hacer a sus suegros cambiar de modo de pensar! Los padres de Flor ahora estaban contentos y les dieron sus bendiciones. Ramón tomó a Flor en sus brazos y la besó. Porque las preparaciones para la boda ya estaban tomando lugar, Ramón y Flor se casaron casi inmediatamente. ¡Se hicieron muy ricos y vivieron muy felices para siempre!

El Penitente

This story was told to me by Agapito Beltrán. This experience occurred when he was a young boy living with his mother at La Puente. It was a supernatural experience he was never able to understand, much less forget. I met him at one of my storytelling performances and he offered to share this wonderful story about "El Penitente." The penitentes were members of a select religious brotherhood very common in the remote villages of New Mexico since the early nineteenth century.

One evening, Agapito and his mother went to church at one of the *moradas*, or small chapels, used by the penitentes during Easter time. It was a special time for all the penitentes and the other faithful from the surrounding areas. A mass would be offered for all the dead penitente members. Some of the people had already arrived and were walking toward the chapel, which was situated next to a cemetery. Agapito was very curious and went to look at all the tombstones while his mother visited with her friend.

Soon Agapito went running to his mother and they walked into the chapel. It was very pretty and unique. The "retablos," or hand-painted religious pictures, and the "santos," or hand-made religious statues, were very old. They were considered antiques. The penitentes had placed fresh flowers on the altar and everything looked very clean.

While the people were waiting for the priest to begin the mass, something strange happened. A very thin and shaggy black dog entered the morada and kept walking until it was at the front pew. The dog then jumped onto the bench, sat there, and looked straight ahead. Agapito wanted his mother to look at the black dog. His mother scolded him and reminded him that he must not be speaking loudly in the church. The people pretended that the dog was not even there. Agapito kept looking at the black dog.

When the priest entered, he noticed the dog and asked if someone could please get him out of the church. Different men tried, but the dog would only show his teeth and growl. The priest decided to let him stay.

When the people went up for Holy Communion, the black dog also followed and stood before the priest. The priest, not knowing what to do, blessed the black dog. The dog walked out of the morada. Agapito followed close behind the dog before his mother could stop him. The black dog went

El penitente

Este cuento me lo dijo Agapito Beltrán. Esta experiencia le ocurrió cuando era joven viviendo con su madre en La Puente. Fue una experiencia sobrenatural la cual nunca pudo comprender, mucho menos olvidar. Lo encontré en una de mis obras como cuentista y se ofreció a compartir este cuento maravilloso de "El penitente." Los penitentes eran miembros de una hermandad religiosa y selecta que era muy común en los pueblicitos lejanos de Nuevo Méjico desde el comienzo del siglo diez y nueve.

Una tarde, Agapito y su madre fueron a la iglesia situada en una de las moradas, o capillitas, usadas por los penitentes durante la Pascua. Era un tiempo especial para todos los penitentes y los otros fieles de las cercanías. Una misa se ofrecería para todos los miembros de los penitentes que ya estaban muertos. Alguna de la gente ya había llegado y estaba caminando hacia la capillita, la cual estaba situada cerca del cementerio. Agapito era curioso y fue a ver todas las tumbas al mismo tiempo que su madre visitaba con su amiga.

Pronto, Agapito fue corriendo hacia su madre y caminaron para dentro de la capilla. Era muy hermosa y sin igual. Los "retablos," o pinturas religiosas pintadas a mano, y los "santos," o estatuas religiosas hechas a mano, eran muy ancianos. Eran considerados como cosas antiguas. Los penitentes habían puesto flores frescas en el altar y todo se veía muy limpio.

Mientras la gente esperaba que el cura empezara la misa, algo muy extraño tomó lugar. Un perro negro, delgado y peludo, entró a la morada y siguió caminando hasta que llegó al banco que estaba en frente de la capilla. El perro entonces brincó sobre el banco, se sentó, y miró directamente adelante. Agapito quería que su madre mirara el perro negro. Su madre lo regañó y le acordó que no debía hablar en voz alta en la iglesia. La gente pretendió que el perro ni estaba allí. Agapito siguió mirando al perro negro.

Cuando el cura entró, notó el perro y preguntó que si alguien pudiera sacarlo de la iglesia. Muchos hombres hicieron el esfuerzo pero el perro nomás enseñaba sus dientes y gruñía. El cura decidió dejarlo estarse allí.

Cuando la gente subió para recibir la santa comunión, el perro negro también los siguió y se paró ante el cura. El cura, no sabiendo que hacer, bendijo el perro negro. El perro caminó para afuera de la morada. Agapito siguió cerca detrás del perro antes de que su madre lo pudiera parar. El

to the cemetery and walked to one of the tombstones, where he began to remove dirt with his paws in a very rapid motion. The dog then rested and stood there for a brief moment. He raised his head and bayed at the moon. He then seemed to crawl into the burial plot. Agapito stood there not wanting to believe what he had seen.

When Agapito was older, he learned that the person buried at this site, where the black dog had disappeared, was Amarante Velas. He had been a penitente for most of his life. According to the legend, Amarante Velas had perjured himself during a court trial and, in so doing, had been instrumental in condemning an innocent penitente brother to prison. They were both members of the same morada. Years later, when Amarante was dying, he called in many witnesses and confessed that he had sinned against his penitente brother. Amarante died before he could ask his penitente brother's forgiveness. It is believed that the black dog was the spirit of Amarante Velas. His spirit was left roaming the cemetery and the morada as part of his penance. It was on Good Friday during Easter time that total peace and forgiveness was granted.

It is said spirits are given permission from a higher power to journey back to this world to attain reconciliation. It is believed that this will guarantee them eternal rest and the ability to pass on to the next world.

perro negro fue para el cementerio y caminó para una de las tumbas donde empezó a sacar la tierra con sus patas de una manera muy rápida. El perro entonces descansó y se paró por un momento. Levantó su cabeza y le ladró a la luna. Entonces parecía gatear para dentro del enterramiento. Agapito se estuvo allí no queriendo creer lo que había visto.

Cuando Agapito era más viejo, supo que la persona enterrada en este lugar donde el perro negro se había desaparecido era Amarante Velas. Había sido penitente por mucha de su vida. Según la leyenda, Amarante Velas se había perjurado durante un pleito de corte y, por este hecho, había ayudado a condenar a la prisión a un hermano penitente que era inocente. Los dos eran miembros de la misma morada. Muchos años después cuando Amarante estaba muriendo, llamó a muchos testigos y confesó que había pecado contra su hermano penitente. Amarante murió antes de que pudo pedirle perdón a su hermano penitente. Se cree que el perro negro era el alma de Amarante Velas. Su espíritu se quedó vagando por el cementerio y la morada como parte de su penitencia. Fue en el Viernes Santo durante la Pascua que la paz total y el perdón fueron concedidos.

Se dice que se les da a los espíritos permiso de un poder más alto para regresar a este mundo para adquirir la reconciliación. Se cree que esto les garantizará la paz eterna y la habilidad para pasar al otro mundo.

The Piñon Tree

*O*nce upon a time in a very thick mountain forest, there was a very tiny and plain tree. All of the trees would laugh, mock, and joke about the tiny and helpless tree. One tall tree was saying that the small tree was unable to do anything. In fact, not even the birds would consider making their nests in him. The small tree was always crying. The cruel jokes were destroying his self-esteem and confidence.

Another tall tree spoke out, "I am so tall and strong that I will be chopped down. I will be transformed into fine lumber. They will make me into a beautiful two story house, and I will overlook the entire valley." Another tree joined in the conversation. He too was bragging that he was going to change the world forever. "I will become something called paper and pencils, and all the people are going to express their deepest secrets to me." The tiny and scraggly tree then called out. "Hello, up there. Hello, up there. What am I going to be?" All the trees looked down and began to laugh once they knew who was doing the talking. They all reminded the tiny piñón tree that he would never amount to anything. "Just look at yourself," the tall trees spoke. "You will always be a tiny, weak, and ugly tree." The tiny piñón tree felt so alone that he began to cry again.

One day the rain, wind, hail, and sun grew tired of hearing all the tall trees brag. They decided to pay all the tall trees a visit. The time had come to test them. The rain came first. It sprinkled slowly, but then it poured so hard that it made all the tall trees shiver. All their branches grew limp. Soon it became so cold that the rain turned into hail. It was pounding hard against the tall trees and causing great pain. They were all crying. Next came the wind. It was a soft breeze at first. It blew enough to tickle the tall trees, but then the wind began to show off its strength. It blew and blew until the trees were being moved in all directions and were unable to stand up straight. Finally came the sun. It was shining down on them. It felt warm and protective, but soon it became so hot that it became unbearable and a fire broke out. All the trees were burned to the ground. The only tree that had been saved was the tiny piñón tree, because of some mysterious miracle.

Now it was by itself and missed the other trees, even though they were always putting him down. The tiny tree was now getting all the sunlight and water. As time went on, the tiny tree began to grow into a strong and beautiful tree and was fully decorated with pine cones. It was so pleased

El arbol de piñon

*U*na vez en un monte muy tupido en el bosque, había un árbol pequeñito y muy sencillo. Todos los árboles se reían, se mofaban, y hacían burla del árbol pequeñito y desamparado. Un árbol alto estaba diciendo que el árbol pequeñito no podía hacer nada. En verdad, ni los pájaros considerarían hacer sus nidos sobre él. El árbol pequeñito siempre estaba llorando. Las burlas crueles estaban destrozando su ánimo y confianza en sí mismo.

Otro árbol alto habló, "Yo soy tan alto y fuerte que seré cortado. Seré transformado en madera fina. Me transformarán en una casa bella de dos pisos y tendré vista de todo el valle." Otro árbol tomó parte en la conversación. También se jactaba que él cambiaría el mundo para siempre. "Yo seré algo llamado papel y lápices, y toda la gente me expresará sus secretos más íntimos a mí." El árbol pequeñito y áspero entonces les habló. "Hola, allí. Hola, allí. ¿Qué seré yo?" Todos los árboles miraron para abajo y empezaron a reírse ya que sabían quien estaba hablando. Todos recordaron al árbol pequeñito que él nunca sería de mucha importancia. "Nomás mírate," los árboles grandes dijeron. "Tú siempre serás un arbolito pequeño, débil, y feo." El arbolito de piñón se sintió tan desamparado que empezó a llorar otra vez.

Un día, la lluvia, el viento, el granizo, y el sol se cansaron de oír las fanfarronadas de todos los árboles. Decidieron pagar una visita a todos los árboles grandes. Había llegado el tiempo para probarlos. Primero, llegó la lluvia. Lloviznó lentamente pero entonces diluvió tanto que hizo a todos los árboles altos temblar. Todas sus ramas se hicieron débiles. Pronto, se puso tan frío que la lluvia se transformó en granizo. Caía con tanta fuerza sobre los árboles altos que les causaba mucho dolor. Todos lloraban. Después llegó el viento. Al comienzo, era una brisa suave. Sopló tanto hasta para hacer cosquillas a los árboles altos, pero entonces el viento empezó a demonstrar su fuerza. Voló y voló hasta que los árboles se movían en todas direcciones y no podían estar de pie derechos. Finalmente, llegó el sol. Brillaba sobre ellos. Se sentía caliente y protectivo, pero pronto se puso tan caliente que era insoportable y se encendió el bosque. Todos los árboles se quemaron hasta el suelo. El único árbol que fue salvado fue el arbolito pequeño de piñón a causa de un milagro misterioso.

Ahora, estaba solo y echaba de menos a los otros árboles, aunque ellos siempre lo hacían menos. El árbol pequeñito ahora adquiría toda la luz del

with itself and could not believe how beautiful he looked. The piñón tree was happy and began to cry. Tears from its pine cones started falling to the ground and turned into piñón nuts. With time, many other piñón trees began to grow until they spread to different places. According to this legend, about every five years all the piñón trees remember the hardships that the first tiny piñón tree endured. They too cry for sentimental reasons, shedding many, many piñón tears.

sol y el agua. Con el paso del tiempo, el arbolito empezó a crecer y a transformarse en un árbol fuerte y bellísimo y estaba bien decorado con piñas de piñón. Estaba tan deleitado consigo mismo que no pudo creer su belleza. El árbol de piñón estaba tan contento y empezó a llorar. Lágrimas de sus piñas de piñón empezaron a caer sobre el suelo y se transformaron en nueces de piñón. Con el paso del tiempo, otros árboles de piñón empezaron a crecer hasta que se extendieron para lugares diferentes. Tocante esta leyenda, como cada cinco años, todos los árboles de piñón se acuerdan de las opresiones que el primer arbolito de piñón tuvo que sufrir. Ellos también lloran por razones sentimentales, arrojando muchas lágrimas de árbol de piñón.

Who Am I?

Hundreds of years ago, the only people who lived in the New World were the Native Americans. With time, the Spanish conquistadors began making their way into these unexplored lands. The Spanish people had an experience like no other. They not only stepped into unfamiliar territory, but were introduced to a different type of people whom they had never met or seen before. They had no idea that the natives even existed. Two different races had met for the first time. It would not be long before the two cultures with their traditions and languages would undergo major changes that would change history forever.

The two races were both set in their ways. They were stubborn and conflicts became a way of life. Learning to compromise and accept each other came slowly, and as a result, many people perished. The Spanish people were prepared to use whatever methods were available to them in order to ensure that all their efforts would not be in vain. Many Spanish men married and fathered children of Indian women and another race was soon created. These offspring came to be known as Mexicans. We, the Mexican people, are the descendants of the first Native Americans and the first Spaniards who found their way into the New World.

A few months ago, I had a dream. I was trying to leave a very huge building. It could have been an airport. I was stopped at a gate by some men and a lady in uniforms. One man asked me who I was. In a very rapid manner of speech, I gave him my name and my passport. Again, the man looked at me impatiently and, once again, asked me the same question. This time, things were different. In my heart, I knew that he did not want my name. He wanted for me to look very deep into my soul and search for the truth that would reveal once and forever who I truly was. This was going to be my only way out. Without the answer, I would continue to be a prisoner within myself and I would have to remain in total darkness since I also knew that soon the airport lights would be turned off.

I was the only one in this building except for the people who were interrogating me. I went and sat on a very comfortable chair and closed my eyes and asked myself, "Who am I?" A voice began to echo. "Your ancestors were Indian, Spanish, and of Mexican descent." At this moment, I fell into a very deep sleep.

In my dream, an Indian woman came to where I was. She began to ex-

¿Quién soy yo?

Desde hace cientos de años, las únicas poblaciones que vivían en el Nuevo Mundo eran las de los indioamericanos. Con el paso del tiempo, los conquistadores españoles empezaron a venir para estos lugares que ni estaban explorados. La gente española tuvo una experiencia como ninguna otra. No sólo llegaron a un territorio que no estaba explorado, sino también fueron introducidos a un tipo de gente diferente que nunca habían encontrado ni habían visto. Ni tenían idea de que los nativos existían. Dos razas diferentes se habían encontrado por primera vez. No pasaría mucho tiempo antes de que las dos culturas y los lenguajes pasarían por un cambio mayor que cambiaría la historia para siempre.

Las dos razas estaban fijas en sus modos. Eran cabezudas y los conflictos se establecieron como parte de sus vidas. Lentamente, aprendieron a resolver conflictos y aceptarse unos a otros, pero en el proceso mucha gente pereció. La gente española estaba preparada para usar cualquier método que tenían dispuesto para asegurarse de que todos sus esfuerzos no serían en vano. Muchos españoles se casaron y tuvieron hijos con las gentes indígenas, y pronto otra raza surgió. Estos descendientes se reconocieron como los mejicanos. Nosotros, los mejicanos, somos los descendientes de los primeros indioamericanos y los primeros españoles que llegaron hasta el Nuevo Mundo.

Hace pocos meses, tuve un sueño. En mi sueño, hacía el esfuerzo para salir de un edificio muy grande. Podría haber sido un aeropuerto. Unos hombres y una señorita de uniforme me pararon en una puerta. Un hombre me preguntó que si quién era yo. En una manera de hablar muy rápida, le di mi nombre y mi pasaporte. Otra vez, el hombre me dio una mirada de impaciencia y, otra vez, me dirigió la misma pregunta. Esta vez, todo era diferente. En mi corazón, sabía que él ni quería mi nombre. Quería que yo viera dentro de mí hasta el fondo de mi alma y que buscara por la verdad que me revelaría para siempre quién verdaderamente era yo. Esto sería mi único modo de salir de esta situación. Sin la respuesta, continuaría siendo prisionera dentro de mí y tendría que quedarme en tinieblas porque también realicé que presto, apagarían las luces del aeropuerto.

Yo era la única en este edificio con la excepción de la gente que me estaba haciendo las preguntas. Fui y me senté en una silla muy confortable, cerré mis ojos, y me hice la pregunta, "¿Quién soy yo?" Una voz empezó a retumbar.

plain to me. The Indian people gave us the virtues of respect and humility. They taught us to be artists and express ourselves in different ways; to make pottery, jewelry, weave, and put moccasins on our feet. They taught us to record our history with murals and respect the sacred dance. The Indian men taught us to be brave warriors. They were rich in wisdom and great in strength and speed. They could hunt better than other men. The Indian women taught us about natural childbirth, the bonding between mother and child, and how to hold our baby to our breast. They taught us about hard work, survival, and to live a simple life. The Indian women would sit by the fire and relate stories of an Indian boy named Juan Diego, who experienced the magic of the higher powers, and about Marina la Malinche, the young Indian maiden who fell in love with a mean and selfish Spaniard.

Soon, there came a Spanish woman who smiled at me. She took my hand and we walked for a short distance. I could see a river and hear the water hitting against the rocks. She shared with me how the Spanish people gave us a very romantic language, which is very poetic and soothing to the ears. According to her, Spanish women taught us to have high self-esteem, confidence, independence, poise, elegance, and sophistication. They taught us how to dance with grace by listening to the Spanish music and how to smile, laugh, and flirt. Yet they always demanded respect and were able to obtain it. More importantly, a Spanish woman would always be placed upon a pedestal for all the world to see and admire. Finally, she indicated how the Spanish men taught us to be exploring conquistadors like Silvestre Escalante and to have courage by taking our chances and sailing across the wild waters.

The final part of my dream consisted of a handsome Mexican general. His uniform was covered with medals. As he spoke, I could see and hear many human events taking place. He related to me how Mexican people gave us Pancho Villa, Benito Juárez, Emiliano Zapata, Adelita and Rosita Alvírez. They gave us religion and taught us to forgive. They gave us stories, jokes, poetry, stories in form of song, dances, and colorful costumes. They taught us about poverty and the injustices of the world. They gave us the *guitarrón*, trumpet, accordion, violin, and guitar. They also gave us mariachis, our sentimental moods, and the disasters that result from drinking liquor. The family, baptismal rituals, weddings, and funerals were also provided by them.

He continued by saying how the Mexican people gave us two outstanding brothers who will be admired by future generations. One is Juan Gabriel, a performer, singer, and shining star who alone supports two orphanages. The other, César Chavez, fought for his race, the poor, and the working

"Tus antepasados eran indios, españoles, y de descendencia mejicana." Al momento, yo empecé a soñar un sueño muy profundo.

En mi sueño, una india vino a donde yo estaba. Empezó a explicármelo. Los indios nos dieron las virtudes del respeto y la humildad. Nos enseñaron a ser artistas para expresarnos de varios modos; nos enseñaron a hacer cerámica y joyería, a tejer, y a ponernos mocasines en nuestros pies. Nos enseñaron a salvar nuestra historia con murales y a respetar las danzas sagradas. Los hombres indios nos enseñaron a ser guerreros con mucho valor. Eran ricos en sabiduría y poseían mucha fuerza y vuelo. Podían cazar el animal mejor que muchos otros hombres. Las mujeres indias nos enseñaron a dar a luz al modo natural, a unir la madre con el niño, y a detener al niño cerca de nuestro seno. Ellas nos enseñaron a trabajar duro, sobrevivir, y realizar una vida simple. Las indias se rodeaban de la lumbre y relataban cuentos de un niño indio llamado Juan Diego, que experimentó los poderes más altos, y de Marina la Malinche, la muchacha joven que amó a un español malo y egoísta.

Pronto, llegó una mujer española que me sonrió. Me tomó de la mano y caminamos por una distancia corta. Podía ver un río y oía el agua chocando contra las rocas. Me explicó como la gente española nos dio un lenguaje muy romántico que también es muy poético y calmante al oírlo. Conforme dijo ella, las mujeres españolas nos enseñaron a tener confianza en uno mismo, a creer en lo que uno es capaz, a ser independientes, bien planteados con elegancia y con mucha sofisticación. Nos enseñaron a bailar con mucha gracia por modo de oír la música española y también a reír, sonreír, y coquetear. Sin embargo, ellas siempre demandaban el respeto y eran muy capaces de cogerlo. Pero, aun más importante, una mujer española siempre tenía que ser puesta en un pedestal para que todo el mundo la viera y la admirara. Finalmente, indicó como los hombres españoles nos enseñaron a ser conquistadores que exploraban como Silvestre Escalante y a tener valor corriendo riesgos y embarcando sobre el mar por las aguas silvestres.

La parte final de mi sueño consistió en un general mejicano que era muy guapo. Su uniforme estaba cubierto de medallas. Conforme hablaba, yo podía ver y oír muchos eventos humanos que estaban transcurriendo. Me indicó como la gente mejicana nos dio a Pancho Villa, Benito Juárez, Emiliano Zapata, la Adelita, y también a Rosita Alvírez. Los mejicanos también nos dieron la religión y nos enseñaron a perdonar. Nos dieron los cuentos, los chismes, la poesía, los cuentos en forma de canción, las danzas, y los trajes de muchos colores. Nos enseñaron la pobreza y las injusticias del mundo. Nos dieron el guitarrón, la trompeta, el acordeón, el violín, y la guitarra. Ellos también nos dieron los mariachis, nuestros sentimientos, y

man by proving to us that it can be done and that it is up to us to see it happen!

Suddenly, as abruptly as it had started, my fantastic dream ended! I awoke and found myself crying. I felt relieved that it had been a dream, but yet it seemed so real that in a way it was scary. I had no idea what the dream meant. In a hurry, I got up and wrote everything down on paper. I needed to ensure that I would not forget the words of wisdom that had been revealed to me in my dream.

After everything is said and done, how can anyone say that who we are is of no value and that our race, culture, and traditions are not worth preserving and fighting for.

los desastres que resultan al tomar el licor. La familia, el bautismo, los casorios y funerales también nos los dieron ellos.

Continuó diciéndome como la gente mejicana nos dio dos hermanos muy mentados y que serían reconocidos en el futuro por todo el mundo. Uno es Juan Gabriel, un cantor y gran estrella que, sin ninguna ayuda, soporta dos orfanatos. El otro, César Chávez, peleó por su raza y por el hombre pobre y trabajador, demostrándonos que sí se puede hacerlo y que es deber nuestro de verlo transcurrir.

De repente, tan pronto como había empezado, ¡mi sueño tan fantástico se terminó! Me desperté y me hallé llorando. Me sentí bien que no era más que un sueño, pero sin embargo me parecía tan verdadero que de una manera era espantoso. No tenía ni una idea tocante el significado de mi sueño. De repente, me levanté y cogí papel y escribí todo lo que había pasado. Tenía que asegurarme de que no olvidaría esas palabras de sabiduría que se me habían revelado en mi sueño.

Después de considerar todo, ¡cómo puede uno decir que quién uno es no tiene ningún valor y que nuestra raza, nuestra cultura, y nuestras tradiciones no son dignas de ser preservadas y que no son dignas de que uno luche por ellas!

The Wake

When I was growing up, many stories about witches were told. In some cases, I think that the people enjoyed scaring each other with different versions from northern New Mexico. Many people claimed to see and experience all kinds of unexplainable events and were eager to share them with friends and relatives. The stories made such an impact on me that I never forgot them. Little did I know that years later, I would share them with you.

Many years ago, there was a lady named Filiberta Plata who married a local man named Ernesto. They had only one daughter. Years later, there was a fight at a local bar and Ernesto was killed. On the night of the wake, all the people gathered at Filiberta's home. It was about midnight when the people were praying the rosary and singing *alabados*, or religious hymns. An old woman dressed in black and wrapped in a long black shawl entered the room and stood before the coffin. Most of her face was covered. She cried in a very loud voice and spoke in a very confusing manner.

Filiberta walked up to the old woman. She wanted to know who she was and why she was crying so much. The mysterious visitor told her that she was Ernesto's mother and had come to take him home. Filiberta let out a scream. This lady was not only scary, but crazy! Ernesto's mother was in the back room baking bread for the funeral. Filiberta ran out of the room as fast as her feet could carry her. She was hysterical and went to inform all the people who were attending the wake as to what had happened. The whole house became quiet and a cold breeze made the people shiver. Everyone ran quickly to see the old woman for themselves. But she was gone! The room was empty except for the corpse. No one could explain it! In order to leave the room where the old woman had been and where the corpse lay in state, she would have had to pass through the room where everyone was sitting. Yet nobody saw her leave!

The day of the funeral, the truth was revealed. The woman whom everybody believed to be Ernesto's mother broke down and confessed that she was not the real mother. He had been adopted and his real mother had died giving birth to him.

El velorio

Durante los tiempos en que yo crecía, muchos cuentos de las brujas fueron contados. En algunos casos, pienso que la gente gozaba del acto de espantar unos a otros con todas clases de cuentos de brujas con versiones diferentes de la parte del norte de Nuevo Méjico. Mucha gente reclamaba haber visto y experimentado muchos eventos sin explicación y estaban muy dispuestos a compartirlos con sus amigos y parientes. Los cuentos hicieron un impacto tan fuerte en mí que nunca los olvidé. Ni sabía yo que muchos años después, los compartiría con ustedes.

Hace muchos años, había una señorita llamada Filiberta Plata que se casó con un hombre de las cercanías llamado Ernesto. Ellos solamente tenían una hija. Muchos años después, hubo una pelea en una cantina local y Ernesto fue matado. Durante la noche del velorio, toda la gente se reunió en la casa de Filiberta. Fue cerca de la medianoche cuando la gente rezaba el rosario y cantaba alabados, o sea himnos religiosos. Una vieja vestida de negro y cubierta con un pañuelo grande y negro entró para el cuarto y se paró ante el ataúd. La mayor parte de su cara estaba cubierta. Lloró en una voz muy alta y habló de una manera muy confusa.

Filiberta caminó hacia la vieja. Quería saber quién era y por qué lloraba tanto. La visita obscura le dijo que era la madre de Ernesto y que había venido a llevarlo a casa. Filiberta dio un grito. ¡Esta señora no nomás era espantosa, pero también estaba loca! La madre de Ernesto estaba en un cuarto interior de la casa cociendo pan para el funeral. Filiberta corrió afuera del cuarto tan pronto como sus piernas le concedían. Estaba histérica y fue a informar a toda la gente que atendía el velorio tocante lo que había pasado. Toda la casa se calló y una brisa fría hizo temblar a la gente. Todos corrieron rápidamente para ver a la vieja por sí mismos. ¡Pero ella ya no estaba allí! El cuarto estaba vacío con la excepción del cadáver. ¡Nadie podía explicarlo! Para poder salir del cuarto donde había estado la vieja y donde estaba el cadáver, tendría que haber pasado por el cuarto donde se sentaban todos. ¡Pero, sin embargo, nadie la vio salir!

La verdad se reveló el día del funeral. La mujer que todos creían que era la madre de Ernesto se venció y confesó que no era la madre verdadera. Él había sido adoptado y su madre verdadera había muerto dándole vida a él.